大吾小佳事件簿

送葬的影子

游善鈞 著

目次

【名家推薦】

期待「中部打擊犯罪中心」的大活躍！

《大吾小佳事件簿》，是個以科學鑑識辦案爲設定基底的短篇推理故事集。與其他的相近設定的小說比較，個人特別喜歡善鈞對於「犯罪動機」與「辦案人員互動」的深度刻劃描寫，這點，能讓讀者在享受離奇犯罪事件的調查解案過程中，還能得到情感上的充份衝擊，而作者在這方面的表現上，與他處理離奇犯罪事件的本格推理手法一樣出色——眞可以說是：一本小說、兩種滿足。

另外，從創作形式上來看，《大吾小佳事件簿》，充份具備了發展續作與影視化的良好具體條件——切合社會現實的犯罪設計，加上個性鮮明的主角群，個個都有吸引讀者一探究竟的背景故事；未來，期待「中部打擊犯罪中心」的諸君們，能在解決各種困難事件的同時，與自己過往的故事，衝擊出更多扣人心弦的火花！

——黑米（影視圈名編劇）

羅勒是最哀傷的植物

1

這還是小佳頭一遭，見到大吾如此嚴肅的表情。

失神望了好幾秒鐘，小佳將「學長晚安」這句話吞回喉，斂起視線，倉促點了個頭後，略微側過身子，準備往屋裡頭走——

但不知怎地，大吾沒有移動的打算，腰桿打得挺直，雙手插在西裝褲口袋裡頭，臂膀向兩側敞開，不動如山杵站在門口，明擺著擋住小佳的去路。

「大吾哥，現場已經蒐證得差不多了，你要不要——小佳，妳來了？」戴著深藍色帽子，鑑識組兩線二組員阿碩踮起腳尖，巍巍顫顫，從體型厚實的大吾身後艱難探出頭來，眨巴著眼睛，咧嘴露出爽朗的笑容衝著小佳喊道。

即使神經大條如阿碩，也發現兩人間氣氛不大對勁，他忙不迭收起笑容，將帽沿從前方轉至後腦杓，縮回脖子，對著大吾寬廣的背細聲說道：「我、我再進去看看……看看有沒有什麼狀況……」

阿碩囁嚅幾句後倉促離去。

小佳定定注視著大吾，大吾依舊綳住嘴角，板著臉孔，一如既往難以看出情緒起伏。

小佳眼睛眨也不眨，直勾勾看進對方眼底，一如既往讀懂了大吾想傳達的意思：「我準備好了。」小佳回答，音質溫潤而沉穩：「我已經準備好了。」她又說了一次。

2

一踏進屋裡，小佳立刻明白過來，大吾爲什麼要這樣對待自己——一股濃稠黏膩的血腥味猛地迎面襲來，一時間，不單單是鼻腔、口舌味蕾，甚至是眼角肌肉，都受到挑釁受到刺激似的隱隱約抽搐跳動。

領在前方的大吾沒有停下腳步，也沒有回頭確認小佳的情形，邁出極大而穩健的步伐，不帶絲毫猶豫，穿過狹窄走道，一逕往裡頭走去。

繞過擺在玄關前塞滿各式扭蛋模型充當屏風、用來隔開空間的玻璃櫥櫃，映入眼簾的景況，小佳恐怕一輩子也無法忘記。

一名女子，仰躺在客廳液晶電視機前的地板上，但小佳無法看見從死者瞳孔反射出的日光燈光亮——這是一具無頭女屍，宛如剖開的葡萄柚，大量鮮血從死者脖子切面斷裂的肌肉纖維溢出，淌滿貼木地板，像是雨後積水一般映照一大片反光；死者的鼠灰色上衣被血浸潤，顯得厚重，猶如一張皮緊緊搭貼住死者纖細充滿骨感的身軀。

大吾筆直朝無頭女屍走去，拉起褲腳，在死者身旁蹲了下來，壓低身子，湊近頸項切面：「死因是？」大吾冷不防發問，一旁的阿碩先是愣了一下，才回過神來，正準備應聲，卻被另一把聲音搶先。

「死因不是一目了然嗎？」一把爽朗聲音明快答道。

出聲的男子叫作穆一維，長相俊朗、五官深邃像混血兒，看起來年紀頂多三十二、三歲，卻已經有著一頭少年白的銀白色髮絲。目前擔任台中市政府警察局鑑識科科長，同時也是大吾的同期同學。大學時代，兩人表現出色，加以名字特殊，格外引起教授注意，甚至暱稱他們爲「大一」。

這意料之外的緣份，無意間迅速拉近了他們的關係——還記得彼時年輕氣盛、作風總風風火火的穆一維聽到這外號時，還在課堂間直接朝教授大聲嚷嚷道：「什麼『大一』，太觸霉頭了吧？好像永遠畢不了業一樣！」

那位一年到頭都穿著毛衣背心的老教授瞇細眼睛，斜傾著頭答道：「會嗎？我覺得挺好的——『大』、『一』，不就是『天』嗎？」

而那居然已經是十多年前的往事了。

穆一維信步來到死者另一側，也跟著蹲下，手肘抵著雙腳膝蓋，身子稍稍前傾，和大吾兩相對望。

宛如身處吊橋另一端的穆一維不禁莞爾一笑，下一秒忽然收起先前略顯輕佻的笑容和語調，低垂目光看了無頭女屍一眼，接著抬起眼凝視著大吾，一臉正色說道：「目前沒有發現其它外傷，至於有沒有毒物或是安眠藥什麼的，還得等進一步解剖才有辦法確定。」

「看起來不像是竊盜殺人……」房間並沒有被翻箱倒櫃的跡象，小佳咕噥著來到陽台旁，瞥一眼晾在落地窗外的女性內褲，旋即拉回視線，目光落在手邊好端端扣住的金屬半月扣上，繼續小聲嘀咕道：「氣密窗啊……鄰居可能什麼也沒聽到——確認死者身份了嗎？」揚起聲音，她扭頭望向站在客廳中央的大吾、阿碩和穆一維三人。

「還沒有進行比對，但我想應該就是她。」穆一維從赭紅色女性長夾裡小心翼翼抽出身份證，上頭姓名爲白敏儀，照片則是一名和名字相襯，長相清秀氣質恬靜、白皙臉頰有著淡淡雀斑的長髮女子。「皮包就放在臥房的書桌上。」他又補上一句：「現金和金融卡都還在。」

「第一個發現屍體的人是——」

「是、是我——」一名身穿筆挺制服的年輕警員怯生生振臂喊道，發出連自己也嚇一大跳的嘹亮音量。

「你是？」小佳沒見過這名員警。在他出聲前，甚至沒發現對方的存在。

「學、學長學姊好，我是西屯派出所的鄭宇浩。」

「這傢伙才不是什麼學長！」穆一維站起身來，冷不防出手，敲了一下阿碩的後腦杓，阿碩反射性蜷了一下身子，沒有反抗。

知道穆一維向來喜歡戲弄阿碩，小佳沒有隨之起舞，置若罔聞，直勾勾看著雙手平貼在大腿兩側、渾身僵硬，鬢角滲出豆大汗珠的鄭宇浩，用眼神示意對方繼續說下去。

鄭宇浩吞了一大口口水，險些被自己的口水噎著，狼狽哽咽一下，平復心情後才接著說明：「晚上、晚上七點半左右，接到報案，說這裡有人被殺了。」

儘管年紀相仿，但小佳是兩線二偵查員，官階比一線三的鄭宇浩高多了——不，就算同為兩線二，根據身在分局偵查隊或者隸屬於刑事局的中打，地位還是有微妙的差異，更遑論派出所了。

「報案？」小佳忍不住皺起眉頭，重複一遍，下意識瞄向始終保持沉默的大吾。大吾的眼神平靜而專注，不動聲色，像是在觀察獵物動向的花豹。「報案的人是誰？未免也太可疑了——」小佳追問，目光移回鄭宇浩。

「對方……對方沒有……沒有留下姓名……」鄭宇浩囁嚅回答，音量愈來愈小，像是蝸殼上向內迴旋收斂的紋路。

「我記得現在不受理匿名的報案吧？」阿碩心直口快。

「你這傢伙也太死腦筋了！」穆一維說著又是一掌。

這回阿碩閃了過去：「學、學長不是說鑑識最重要的——就是、就是一步一腳印嗎？」

「所以才說你死腦筋啊！」穆一維抬起腳，用腳尖往阿碩的膝蓋內側戳了一下，阿碩雙腿一軟，踉蹌一下險些跪坐在地。

「然後呢？」大吾出聲，現場立刻恢復秩序，陷入片刻寂靜。

被大吾的眼神瞅住，鄭宇浩益發緊張：「因爲……因爲……因爲牽涉到人、人命……我向所長報告，說自己想來確認……想來確認一下，就算是惡、惡作劇電話——不……如果眞的是惡作劇電話就好了……」他愈說愈小聲，但情緒顯然和方才截然不同。

小佳注意到鄭宇浩始終低垂目光，似乎刻意避開地板上的無頭女屍。

這也難怪，看來目睹屍體慘狀的瞬間，他的身心受到劇烈衝擊——小佳不由得心想，並悠悠想起十幾分鐘前剛抵達命案現場時，擋在門口不讓自己輕易踏進的大吾。

「所以第一個發現屍體的人是你——」小佳甩開思緒，讓自己專注在眼前的案件上。

「對，是我沒錯。」

「開門的是房東吧？」小佳接著問。

「我……讓他留在門外……因爲還不確定會發生什麼事……」

不僅僅是反應機伶而已……是個溫柔的人啊——小佳暗忖，又追問：「門一開始，確定是鎖著的嗎？」

「確定。」鄭宇浩明確點了個頭，眼神清澈，好像稍微冷靜下來，適應了「現場」，他接著補述道：

「因爲那時候……還不能確定那通電話到底是眞是假，所以我先按了好幾次電鈴，又敲了好幾下門，最後試著開門——但是都沒有反應，才請房東開鎖。」

「你知道，這是私闖民宅嗎？」穆一維不再笑鬧，雙臂環扣胸前，冷不防出聲說道，表情冷峻，朝無頭女屍努了努下顎：「如果她還活著，是可以告你的。」

「我、我知道，可是——」

「謝謝你的配合。」大吾強行打斷鄭宇浩的話：「剩下的，交給我們處理。」

明白大吾在催促自己離開現場，鄭宇浩垮下肩頭，轉過身，拖著腳步往門口走去。

「麻煩你等一下和我們回局裡做筆錄。」小佳探出身子，朝鄭宇浩的背影喊道。

「是。」鄭宇浩煞住腳步，扭回頭應了一聲。

「我出去呼吸一下新鮮空氣。」阿碩用力搓了搓鼻頭，尾隨在鄭宇浩身後跟了出去。

屋內頓時又陷入一片靜默，大吾略微低斂下顎，似乎正在思索什麼。不想打擾他，小佳偷偷看了一旁的穆一維幾眼——或許是因爲平常他總是談笑風生、一副輕鬆自在的模樣，所以一但嚴厲起來，極大的個性反差，往往會帶給人一股難以言喻壓迫感。

「學長，監視器畫面調出來了。」一名偵查佐快步走入，打破沉默。

「走廊那台監視器沒壞？」小佳想起方才一踏上三樓，便看見架設在走廊底端，灰白色水泥牆上那具外觀老舊、角度傾斜的監視器。

「我等一下就下去。」宛如秒針般，大吾緩緩原地轉動，環視了整個室內一圈，才接續說道：「我想再看一下現場。」

3

「不好意思。」阿碩在走廊上喊住鄭宇浩。

「你是剛剛的——」

「叫我阿碩就好，你有外號嗎？」阿碩露出爽朗的笑容，他摘下帽子，撥了撥一頭挑染的金髮。

「沒有，因爲我是個很平凡很普通的人。」鄭宇浩調侃自己。

「你不要介意一維學長剛剛說的話。」用手背擦去兩側太陽穴的汗水，阿碩不懂拐彎抹角，索性直接切入正題：「就是那個頭髮白色——」

「學長說的沒錯，我做的事……是犯罪。」鄭宇浩聲音微弱。

根據「即時強制」——行政機關為阻止犯罪、危害之發生或避免急迫危險，而有即時處置之必要；且根據行政執行法第36條：人民的生命、身體、財產有迫切之危害時，可以無須核發搜索票進入搜索。然而，所謂的「必要」，實務上並沒有準確的規範，有賴當事人主觀判斷——一旦牽涉到「主觀」判斷，便有「曖昧」的空間。種種齟齬、訴訟由此而生。有浪費行政資源之虞，亦有耗損執法人員熱情的可能。

相關糾紛層出不窮——或許不盡然貼近，好比年初，曾有憲兵被指控違法搜索、查扣戒嚴時期相關文件而引起軒然大波，遭到網路群眾大加撻伐，聲稱根本是新一波白色恐怖。又或者去年年底，警察假冒社工師逮捕毒犯，一時間也招致排山倒海的指責，指稱警方汙衊社工師，造成社會的不信任。

有些顯然有錯，有些爭議卻因此引入不同的視角觀點，爲行政程序開闢出新的討論空間。

「他只是希望……希望在我們爲他人伸張正義的同時，也要懂得如何保護自己。」阿碩說著，按了按鄭宇浩的肩膀，彎起眼角：「如果連站在第一線的我們都無法繼續執法，不就枉費我們一路這麼辛苦走到這裡來了嗎？」

「這些……都是學長跟你說的嗎？」鄭宇浩的眼睛，像是從海面緩緩浮掠的晨光。

「他什麼都沒說。」阿碩鬆開鄭宇浩的肩膀，搖了搖頭，咧嘴笑道：「是我一點一點偷偷學來的。」

「偷什麼？」穆一維冷不防出現在阿碩身後：「你打算幹什麼壞事是不是——」

阿碩嚇了一跳：「學、學長——」正張大嘴打算解釋。

「廢話少說，走了，要去趕『下一攤』。」穆一維逕自說道。

「蛤？」

「蛤——蛤什麼？」穆一維無預警伸手，搶過阿碩手中的帽子，用力套上他的頭，帽沿幾乎要壓到阿碩的眉毛：「你以爲錢這麼好賺啊？」

「又有case？今晚也太不平靜了吧？」阿碩噘起嘴，將帽子往上推了推。

「是不平靜……有時想想還眞絕望……」穆一維帶著自嘲意味嘀咕著，側過身子，別過頭去的時候，目光在鄭宇浩身上停留片刻，接著往圍牆外一顆星星也沒有的黯黮夜空望去：「所以我們只能盡全力做好份內的事。」

4

鑑識組趕往其它現場，屋內頓時顯得空曠許多。做案手法並不尋常，或許會引來媒體大篇幅報導，想來檢察官正在驅車前來的路上。

小佳來到落地窗邊，扳開半月扣，踏進陽台。她踮起腳尖，將只晾著一件女性內褲的衣架從橫桿上取下，拎著歪扭變形的衣架跨回屋內，捏了捏內褲細聲呢喃：「還是濕的……」

大吾正好關上浴室的門，往廚房走去。

小佳俯身將衣架擱在廉價和式桌上，和式桌上擱著一個金屬相框，正對著電視機的方向。裡頭的照片是兩女一男。被兩人夾在中間，抿唇微笑的，是方才身份證上、疑似無頭女屍的那張臉孔。

小佳又看了一眼照片，才挺直身子往浴室走去。開燈推開門，抽風機轟隆作響，浴室地板乾燥，只有洗手台內側攀著幾顆水珠。小佳將門虛掩，關燈，尾隨大吾走進廚房。

每個偵查員、或者檢察官，都有自己的辦案方式——儘管轉進刑事體系才一年多，但小佳已經隱隱約約體悟、歸納出這個道理：有些人像是獵犬，習慣四處奔走、明查暗訪，藉由「人」「事」來拼湊出案件的眞相；而有些人則信奉「地緣關係」，認爲每個人的移動、生活軌跡，都伴隨著特定的目的。

至於大吾，則是屬於那種最純粹的類型，他總是花比別人更多的時間「和現場相處」，彷彿一株大樹，靜靜矗立在名爲「案發現場」的曠野荒原，將自己的根深深扎入，往其它人都看不見的地底，向四面八方緩緩舒展蔓延開來。

「這是——」小佳忍不住出聲，一踏進廚房，彷彿走入另一個截然不同的空間，和血腥味充斥的客廳不同，狹小的廚房裡香味撲鼻：「是青醬。」小佳走向平底鍋，裡頭是濃稠的青醬，一旁的不鏽鋼鍋中，則是泡糊的義大利麵條。

「青醬？」

「青醬是用羅勒做的——就是這個！」喜歡烹飪的小佳，眼睛立刻一亮，抓起流理臺旁一把深綠色羅勒，又瞥了一眼放在瓦斯爐旁的食物調理機：「死者似乎也很擅長料理呢！連青醬也自己弄……居然還放了松子——」

「羅勒嗎……」大吾接過小佳手中的羅勒，垂頭嗅了嗅，低聲說道：「羅勒是最哀傷的植物。」

「最哀傷的植物？」小佳以爲自己聽錯大吾的話，正想追問確認。

「沒有菜刀。」大吾將羅勒按在流理臺旁，轉移話題。

「菜刀應該就是兇器吧？」小佳想起裝在透明夾鏈袋裡的那把菜刀，走回瓦斯爐前，瓦斯爐周圍很乾淨，小佳注視著平底鍋裡的青醬，試著推理案發經過：「死者當時，正站在這裡，煮青醬義大利麵，煮到一半，受到兇手襲擊，然後被移到客廳斷頭——」

「所以這裡才是第一現場？」大吾引導一般提問。

「目前還不能確定，廚房看起來沒有打鬥掙扎的痕跡，可能是兇手事後整理過。不過，也有可能是死者先被迷昏，這要等解剖報告出來才知道——總而言之，兇手應該是死者認識的人……」

「妳看起來，還有話想說。」

大吾一眼看出小佳的遲疑，小佳思忖片刻呢喃道：「我總覺得……總覺得現場有一種不協調的感覺……可是又說不上來是哪裡奇怪……」說著，小佳不曉得哪裡來的靈感，突然朝平底鍋伸出手，用小指指尖沾了一點青醬嚐了嚐。

「怎麼樣？」

「味道很好。」小佳回答，不自覺皺起眉頭：「這應該……不算破壞證物吧？」

5

「大吾學長哩？還沒下來啊？」一名肚腩凸出的員警，一走進管理員室便大聲嚷嚷。

「當然——學長當然還在現場。」坐在螢幕前的禿頭員警一臉無奈。

「餓死了，每次跟大吾學長出來都要拖好久——我看整個局裡頭，只有小佳那菜鳥受得了他。」腆著肚腩的員警拉了張椅子在禿頭員警身旁坐下。

禿頭員警冷笑一聲，附和道：「眞的，這案件根本一點都不複雜，要是我來偵辦，十分鐘就可以破案了——看也知道兇手就是這傢伙。」

「找到兇手了？」小佳明亮的聲音突然響起，讓兩人差點從椅子上摔下來。

「學、學長——」凸肚腩員警趕緊起身讓位給大吾。

大吾面無表情落坐，瞥了禿頭員警一眼，示意他播放影像。

「這是今天下午五點四十三分。」禿頭員警說道。

小佳彎身湊到大吾肩頭。

光線黯淡的螢幕裡，疑似是死者的女子，踩著高跟鞋提著包包從畫面下方出現。她開鎖進屋，看起來沒有不對勁的地方。

「再來是晚上六點十七分……」禿頭員警俐落操作機器，畫面飛馳快轉，好像也想倒轉時間，把自己剛剛說的那些玩笑話從大吾和小佳的記憶裡洗掉。

這一回，畫面裡出現的是一名剃著平頭、身穿黃藍色條紋POLO衫的男子——照片中的那名男子。男子身材高大，雙手提著塑膠袋，裡面的東西多到快滿出來。他在門前站定，將塑膠袋輕輕放在地上，從胸前口袋掏出鑰匙。

「最後是七點零四分——」

「等一下。」大吾冷不防出聲喊道：「往前倒轉。」

禿頭員警趕緊按下暫停，倒帶。

「停。」大吾說道，湊近螢幕。螢幕右下角的時間顯示六點三十九分。

「啊——」起初小佳不明白大吾看見什麼，仔細一看，才發現畫面角落閃過一張臉。大概是發現有監視器，所以連忙閃開，但儘管只是一瞬間，小佳依舊認了出來——是照片裡的另一名女子。

這下到齊了，照片裡的三個人都出現了——

「繼續播放。」大吾說道。

時間來到七點零四分。

房門打開，平頭男子再度現身。只見他緋緊嘴角，眉眼間不帶任何情緒，他轉過身，身後背著咖啡色的登山背包，鎖上門後，往安全梯的方向大步走去。

「這傢伙一定就是兇手！」員警將肚腩往前一挺喊道。

「我們剛剛和房東確認過了，這名男子名叫莊若凱，三十六歲，是縣政府的約聘人員。這間房是用他的名字租的，死者是他的女朋友，聽說已經交往了好幾年，但大概在半年前才搬過來同居。」禿頭員警有條不紊補充。

「剛剛那名女子房東認識嗎？」

兩名員警面面相覷，最後禿頭員警才硬著頭皮回答：「我們……我們剛剛都沒有發現還有另一個人……所以還沒向房東、向房東詢問——」

小佳一點也不意外——沒有發現才是人之常情。

手機鈴聲乍然響起，是輕快的流行歌曲。

「是阿碩。」小佳先知會一聲，接著才接起電話，側耳專注聽著。

聽著聽著，她表情猛地一變：「好，我知道了，我們立刻過去。」她切斷通話，收起手機的同時抬眼看向大吾。大吾像是早已經預料到什麼似的，回望著小佳，等待她吐出下一句話：「找到了——找到嫌疑人了。」

6

若是一般狀況，恐怕會大感困惑，分明還沒發佈搜查命令、還沒展開搜索行動，怎麼就找到嫌疑人了呢——

收到通知，小佳也曾遲疑轉瞬，畢竟阿碩還不清楚這幾個人的關係——但一聽到阿碩接下來說的話，小佳心中的迷霧霎時消散。

大吾和小佳驅車來到大坑一帶的山間樹林，遠遠便看見拉起了黃色封鎖線；兩人在路邊停好車，向駐守在封鎖線外的員警點了個頭後，隨即戴上蒐證手套鑽了進去。

「你們來啦！」檢察官周書彥舉起手打了聲招呼。

被周檢搶先一步，看來公寓那邊的李檢可以收工回家了。

一見到他，小佳便知道這個現場是由誰負責。果不其然，一撇頭，便看見站在周書彥身後不遠處的韓平。

大吾往前一指，示意周書彥用不著客套，先帶兩人去看現場。

「這邊。」韓平簡短說道，轉過身去。

三人跟著韓平走進樹林深處。

「那是——」小佳看見樹梢上吊著一名男子。

即使光線昏暗，她還是一眼認出了那張臉孔——是莊若凱。無論偵辦什麼案件，偵辦期間，小佳腦中經常充斥各個相關人的臉孔，死的活的統統都有，搞得神經緊繃。發瘋？著魔？還是只是太有責任感了？

「小心精神耗弱，妳的刑警生涯才剛開始而已。」穆一維曾如此說道。

「阿碩一看就說是畏罪自殺，我還以為我們這裡出了第二個神探。」周書彥語帶調侃瞄向大吾。

「為什麼還沒放下來？」沒有意識到對方話中有話，大吾皺住眉頭打量現場後，望著男子彷彿還細細邊晃的鞋尖問道，難得顯露情緒。

「是我讓他們先別放下來的。」穆一維一派輕鬆說道，站在一旁的阿碩倒是難得一臉嚴肅。「我想讓你們先看看這個——」說著，穆一維將大吾和小佳引領到屍體正下方。

「這是——」小佳下意識撇開頭，連剛才看見無頭女屍，身體都沒有起任何反應的小佳，這時候一股強烈的噁心作嘔感猛地竄上直抵住喉嚨。

大吾鬆開眉頭，平靜注視著眼前詭譎的景象。

簡直就像是從地底長出一張人臉——只見在上吊男屍正下方的泥土地上，被挖了個洞，而白敏儀那顆從房間消失的頭顱，此刻宛如鑲嵌在戒台上的寶石，好端端填住洞口，像是仰望著懸掛在上頭的男屍一般。

7

「還好吧？」發動引擎，駛上雙線道馬路後，大吾問道。

「對不起。」小佳低喃回答，將手裡的面紙用力揉碎捏進掌心，嘔吐物的微腥氣味隱隱約約瀰漫在車內。她按下車窗，風灌入時將她的斜瀏海吹散開來。

大吾沒有應聲，專注抓著方向盤。

「結案了！」小佳刻意揚起音調喊道，明知道大吾不會回應自己，但不知怎地，胸口就是有一種揮之不去的鬱悶感，不喊出來實在太難受了：「這樣算結束了吧？」

「如果妳所說的『結案』……是指『寫重大案件報告表』的話——我們的任務，的確結束了。」大吾的答覆意味深長。

小佳別過臉，覺得大吾背光的側臉輪廓看起來十分——哀傷，小佳忍不住想起這個詞彙。緊接著想起自己當初，來不及向大吾確認的那句話：「學長，爲什麼『羅勒是最哀傷的植物』？」

「妳覺得爲什麼，他要帶走她的頭？」

小佳怔愣好一會兒，才發現大吾沒有理會自己的問題。但她已經習慣了，她偏著頭思索大吾的提問，風更強了：「我想……愛情本來就有很多條岔路，幸福的通往平淡；至於不幸的，有些通往厭煩，也有些，通往憎恨。」

「妳比看起來悲觀。」

「『看起來』的部份，往往都不是眞正的自己。」小佳覺得自己好像說出了什麼了不起的話。說不定很靠近哲學。

「我覺得妳知道答案。」大吾緩緩說道，聲音沙啞富有磁性：「知道這一切沒有看起來那麼殘酷。」

「即使知道，也不能改變這是『悲劇』的事實。」小佳扭過頭，瞅著大吾的側臉接續說道：「但是，不能這樣，對吧？站在這個位置的我們——不能只是做到這些，對吧？」

「我覺得妳知道答案。」大吾開啟方向燈。啪嚓啪嚓、啪嚓啪嚓。

8

日光亮燦，車子停在安養院的專屬停車場。

大吾和小佳下車，往安養院大樓走去。

一名身穿印花T恤和牛仔褲、裝扮簡便的女子走出房間，她身子前傾，將雙手搭在白鐵欄杆上，往遠方藍天眺望。

「請問是方心淳小姐嗎？」

聽到有人喊出自己的名字，方心淳反射性打直身子，將手收回，扭頭看著面前的小佳。

「不好意思……請問妳是？」方心淳直視著小佳。

「這髮型比較適合妳。」

大吾的話，讓小佳頓時一愣，心想這種話實在不適合從大吾口中說出來。

不過——確實如此，那張照片裡的長髮讓她看起來臉色暗沉。

方心淳立刻明白大吾的意思，也明白兩人來訪的目的。

「覺得熱，所以把頭髮剪短了。」方心淳搶回主導權：「你們是爲了敏儀和若凱來的吧？」

「妳早就知道他們會死了吧？」小佳也開門見山。

「我不明白你的意思。」

「受益人是妳。」

「我知道。」

「妳是保險業務對吧？」

「敏儀的保險就是跟我買的……這你們稍微查一下就知道了吧？」方心淳緩緩說道，伴隨著漸慢的語速，稍稍瞇起眼睛：「我沒誤會的話——你們現在的意思是，懷疑我殺了他們？」

「不是懷疑——」

「這裡很花錢吧？」大吾冷不防插話。

「因為是這附近最好的安養院。」

「她媽住在這裡多久了？」

「再一個月就滿四年。」

「很花錢吧？」大吾的口吻，不像是在詢問對方。

這時候，一個滿髮花白的老婦人忽然打著赤腳衝出房間，踏踩在洗石子地的腳步聲相當黏膩。始終冷靜到近乎冷漠的方心淳一時間著急起來，趕緊上前扶住踉蹌的老婦人。

「外面風大，不可以跑出來，回去睡午覺才乖乖喔！」方心淳安撫道，一面輕輕摩娑著老婦人的背部讓她安心，動作熟練溫柔。

「我不要！我不要——」老婦人歇斯底里喊著。

一名看護跑出來幫忙。

「不好意思，我等一下就進去……」方心淳對看護低聲說道。

看護將依依不捨、一再回望方心淳的老婦人哄進房間。

或許是覺得被窺探到了什麼，方心淳匆匆掃視大吾和小佳後別開頭：「敏儀她媽狀況不大好，這幾年愈來愈嚴重。」她說著紅了眼眶。

「他們一直不結婚，是因爲這個原因嗎？」小佳問道。

方心淳很快收拾好心情，深呼吸一口氣後，眼神恢復原先的沉穩，睨向小佳若有似無聳了一下肩膀：「多多少少吧，這年頭相愛很簡單，生活卻很難……你們是來專程問這種事的嗎？如果沒有其它——」

「妳——不恨他嗎？他殺了妳從高中就認識的好朋友。」大吾提問，問題銳利。

「我們國中就認識了，只是不同班。」方心淳修正道，接著又說：「若凱也是我的朋友，他們是因爲我才認識對方、然後開始交往——所以就算要恨，我也應該要恨我自己。」

大吾不再應聲，沉默良久，小佳知道自己必須開口。

「我在想，是不是有這種可能……」小佳知道自己必須開口：「白敏儀先跟妳保了意外險，原本打算在兩年期滿後，殺了自己——這樣一來，自己就有一大筆錢可以讓媽媽繼續得到良好的照顧……但沒想到，這中間發生了什麼事，一件重大的事，讓白敏儀內心大受打擊，臨時改變了計畫……」

方心淳直勾勾瞪著小佳，眼角抽搐，似乎害怕她接下來要說出的話語。

事件的眞相。

「白敏儀她，其實是上吊自殺的。」小佳說出「眞正的結案報告」。「而莊若凱爲了不讓白敏儀白白犧牲，所以才逼迫自己動手……這就是莊若凱爲什麼一定要切斷白敏儀的頭——因爲上吊會導致頸骨變形、甚至斷裂……一旦被發現她是自殺，根據自殺條款，若是死者在兩年免責限制內自殺，保險金就會泡湯。」

「很有想像力，但也未免太不切實際了吧？」方心淳先是冷笑一聲，而後難掩情緒，激動說道：「敏儀爲什麼非那麼做不可？到底爲什麼非做到那種地步不可——只是爲了拿到那筆錢？」

她的情緒激動，與其說是在質問小佳和大吾，倒更像是在質問不在現場的白敏儀。

「妳知道爲了降低保費、符合投保資格，她已經停止服用抗憂鬱症的藥好多年——」

「我當然知道！我是她最要好的朋友——」方心淳打斷小佳的話：「妳想說敏儀是被逼瘋的？一旦變成瘋子做什麼都可以理解了？」

「不是。」大吾斷然答道。

「那妳說、是什麼，是什麼逼死她的？」

「我睡不著！睡不著！」眾人對話又被中斷。

老婦人再度跑出房間，拽著方心淳的手啞聲喊道：「我睡不著！我們一起玩撲克牌嘛——敏儀、敏儀，陪我玩撲克牌嘛！」

「好，妳等我一下，馬上就好喔——」方心淳附在老婦人耳邊，微笑輕聲說道：「媽，馬上就好喔。」

9

大吾發動引擎，空調吹動小佳髮絲的同時，他問道：「妳什麼時候知道她是自殺的？」

「跟學長一樣，因爲那件女性內褲還沒有乾。浴室地板是乾的，代表死者生前沒有洗過澡，那麼內褲之所以晾在那裡，就表示是爲了掩飾上吊自殺導致的失禁——廚房的情況也不大對勁，如果死者是在煮青醬義大利麵的時候遇襲，那麼應該沒有時間關火，青醬應該會有焦味、甚至變黑，義大利麵煮滾的水也應該會溢出來。但瓦斯爐周圍卻很乾淨，所以合理的推測是，下廚的是莊若凱，他備好青醬、下麵後，準備去叫白敏儀吃飯，卻發現她上吊自殺……」

「妳還有話想說？」

「如果有一天，學長喜歡的人不記得自己了……你會難過嗎？」

「不會。」大吾想也沒想便斷然回答。

「爲什麼？你眞的都不會難過？」

「那種難過，我認爲並不是出自於對對方的愛。而是對於付出愛的自己感到可惜。」

「也不一定這麼現實、這麼自私吧？」小佳提出反駁。

「也對。是不一定。」

面對難得坦率附和自己的大吾，小佳反倒頓時手足無措了起來。

「那學長爲什麼不會難過？被喜歡的人忘記的話——」回過神來，她繼續追問——感覺可以趁這個機會看到不一樣的大吾。眞正的大吾。

「因爲我記得。至少還有我記得。」

小佳按下車窗，風從另一個方向吹來。

「妳還有話想說？」

「嗯。」小佳望著被車窗框住的湛藍天空，點了點頭：「我不懂為什麼莊若凱要特地把白敏儀的頭帶到森林去？只是因為愛嗎？他希望對方注視著自己為她做的一切？」

「因為羅勒。」大吾說道：「那棵樹的旁邊，長滿羅勒。」

或許是當時天色太暗，也或許是因為看到那顆頭顱帶來的震撼過於強烈，小佳並沒有留意周遭的植物。「羅勒？又是羅勒？到底為什麼羅勒是最哀傷的植物？」一放鬆下來，小佳不禁鼓起臉頰追問，她關上車窗，用手肘推了推大吾的臂膀。

日光從前方車窗照入，車內一派明亮，一如既往，大吾沒有回答，緩緩踩下油門。

Frozen

1

男子的身體已經失去熱度，變得僵硬，渾身赤裸，跪坐在浴缸前，臉頰靠貼著看起來格外冰冷的金屬扶手。

雖然有著肚腩，男子胳膊的肌肉倒是相當飽實，此刻搭在浴缸邊緣，左手手腕垂釣似的彎曲浸入其中。浴缸裡，水放得很滿，幾乎一攪動就要溢灑出來，而那表面張力緊繃的水體，現下已經被男子的血液染成一座怵目驚心的血池。

男子的右手癱軟在浴缸外的瓷磚上，宛如雨後積水，潔白的瓷磚上頭留有一小灘血跡。死者的食指指尖，沾著乾去的血跡，而就在那隻指節粗大、指頭略微蜷收勾起的手掌旁，留有一個英文單字「Frozen」。

能想像死者用指尖沾墨般點了點那灘血跡的畫面——

大概已經經過好一段時間，「Frozen」質地黏膩，呈現較深的紅色，讓人聯想到中古歐洲嵌壓在信封上的蠟封。

「這應該就是所謂的Dying Message吧？」韓平率先發聲。

「你是不是想說這句話想很久了？」

「你也想吧？只是被我搶先了。」

「你好像很得意？」

「還可以。」

蹲在一旁採證的阿碩，起初側耳聽著那兩人你一言我一句鬥嘴，而後不禁咧嘴笑了笑，抬頭睜亮眼睛，難掩興致望向那兩名身材挺拔的男子：身穿剪裁合度鐵灰色千鳥格西裝、三十開外，前額瀏海往右輕輕梳攏的男子，名叫周書彥，是負責這起案件的檢察官。

至於另一個同樣高大，但體格顯然壯碩許多，結實胸膛吹氣球似的將靛青色襯衫撐起，鬢角下顎蓄著鬍碴一臉性格的男子，則是和周書彥相同肖龍，但歲數整整大他一輪的兩線二偵查員韓平。

儘管有著近似好萊塢動作巨星身材，但韓平最引人注目的，還是他右眉上的那道疤——那道將眉毛大幅度斜切開來、長達十五公分延伸到太陽穴的刀疤，據說是他還在就讀警校時便留下的「勳章」。

他從現行犯手中，捨身救下一名險遭性侵的女童。

「但很遺憾，我想這不是Dying Message。」順了順後腦杓的頭髮，周書彥蹲了下來，往前俯低身子，湊近浴室瓷磚仔細審視那個英文單字。

韓平也跟著在周書彥身旁蹲下，抹一把下顎，捺了捺嘴角，若有似無聳了聳肩說道：「好吧，我只是想說那句話。」周書彥莞爾一笑，韓平沒理會他，伸出手，朝死者的方向比劃了一下，吐出眞正的想法：

「現場很矛盾。」

2

「哪裡矛盾？」

「明知故問。」韓平不客氣斜睨過去。

「你不說的話，我就要說了喔？」

「乍看之下，死者似乎是割腕自殺，但如果是『自殺』，就沒有留下Dying Message的必要——」

「說不定他到一半反悔了，而且我們在這房間裡找不到遺書——也許他突然不想死，卻來不及挽救，最後只好用僅存的意識，勉強留下這個字，當作臨終遺言。『Frozen』這個字，不是有『凍結』的意思嗎？有可能是死者希望時間，凍結在自己死前的那一刻，好讓一切有機會重來。」周書彥的描述鉅細靡遺，彷彿案發當時他也身處現場。

韓平沒有理會周書彥洋洋灑灑的推理，逕自往下說道：「至於另一個可能，則爲死者是『他殺』，然後留下指出兇手的訊息。」

「這不就是Dying Message的定義嗎？」

「但我覺得這起案件，剛剛提到的兩種狀況都不是。」

「學長的意思是——不是『自殺』，也不是『他殺』？」阿碩忍不住出聲插嘴問道，一臉「這怎麼可能啊」的驚詫表情。

「不是自殺也不是他殺——還眞虧你想得出來……」韓平扯動嘴角，一雙大手按住大腿，仰起頭，定定看著眼前這個比自己小了將近兩輪的鑑識員，搖了搖頭咧嘴說道：「我期待有一天，能遇上你所說的那種案件——不過，只可惜……這次的案件，是『他殺』，不過……寫下那個『Frozen』的人，並不是死者。」

阿碩一臉困惑：「不是死者寫的，難道會是——」

「是兇手。」

阿碩半晌闔不上嘴，蹲在韓平身旁的周書彥，則瞇彎眼尾，唇角抿出滿意的微笑。

3

周書彥尾隨著走出房間的韓平來到走廊，對著他魁梧的背影問道：「你的意思是，瓷磚上那個『Frozen』是兇手故意留下，企圖誤導警方的偵辦方向？」

「任何遺留在現場的事物，我習慣稱之為『線索』。」韓平側過身子正色回答，接著又說道：「即使是誤導，也是有意義的。」也就是說，「誤導」一詞某種角度上而言，不盡然準確。

「『眞實何在？循虛妄處折返！』，那句台詞是這樣翻譯的吧？原文好像是拉丁文？」

「隨便你。」拋下這句話後，興味索然的韓平旋即背過身去，雙手插進牛仔褲後面的口袋，往電梯走去，將喜歡掉書袋的周書彥晾在後頭。

踩著義大利進口的雕花皮鞋，周書彥加快腳步，如貓般悄無聲息跟在韓平後頭。兩人一前一後進了電梯，電梯門關上，周書彥抬眼注視著儀錶板上漸次遞減的樓層，在心底默默數著的同時，開口問道：「你有頭緒了？知道要從哪裡開始調查？」

韓平望向倒映在面前鐵灰色金屬門板上的周書彥，右手從口袋緩緩抽出，抹了一把下顎：「既然陳屍地點在汽車旅館，第一個要調查的對象，除了死者老婆——你還有其它推薦的選項嗎？」口吻像是在詢問服務生。

4

「我的天——你問我知不知道、我老公外遇的對象是誰？」年約四十二、三歲，仍然打扮講究、風姿綽約的女人，情緒激動衝著坐在沙發上的韓平拔尖聲音喊道，緊接著倒抽一口氣，用力打直手臂指住韓平，扭頭撇向坐在一旁的周書彥繼續嚷嚷道：「你們警方都是這樣辦案的嗎？未免也太失禮了吧？這傢伙是不是有病啊！」

周書彥險些一如往常，用輕快的語調脫口揶揄：「我也這麼覺得。」幸好及時回過神來，趕緊勒住喉頭憋忍住，用拳眼輕輕抵住雙唇，假裝清了清喉嚨，整理好情緒後說道：「吳太太，一般來說，在這種情況下，我們警方會最先懷疑兩個人——」

吳太太顯然被唇紅齒白、渾身花美男偶像風采的周書彥軟化了態度，揪緊的眉頭瞬間舒緩開來，一臉「嗯嗯嗯、你想說什麼儘管說」的柔順模樣，和先前簡直判若兩人。

「一是元配，一是小三。」

韓平冷不防插嘴粗聲說道，吳太太像是沾到髒東西似的，斜睨了他一眼，嘀咕道：「又不是在問你……」

沒料到向來古板的韓平，居然會使用「小三」這種辭彙，周書彥嘴角頻頻抽搐，差點忍不住笑。

「等、等一下——所以你們現在、現在是在懷疑我嗎？你們是在懷疑我殺了……殺了自己的老公？」吳太太忽地反應過來，終於意識到自己的處境，說話頓時結巴起來。

「請吳太太先不用緊張——」周書彥溫潤的嗓音宛如鎭定劑一般，讓吳太太立刻平靜了下來：「就是因爲沒有懷疑您，我們才會想向您詢問關於您先生的外遇對……關於另一名女子的事。」

「我不知道。」吳太太鬆了一口氣後搖了搖頭答道，俯身抓走擱在玻璃桌上的菸盒，向周書彥示意介不介意自己抽一根。周書彥抬起手表示「請隨意」。吳太太隨即抽出菸和打火機，掐破涼菸中的精油球，點起菸深深吸了一口：「不瞞你們說，其實我也想知道那賤人的眞面目。這個小賤人。」她恨恨補上一句。

周書彥和韓平用餘光交換了視線，覺得眼前這女人話中有話。

果不其然，吳太太又抽了一口菸，翹起腿，繼續說道：「我一直都知道他在外面有女人，實際上——算了，反正你們一查也會知道，總而言之……我請了徵信社調查他。但你們應該都清楚，他事業做得大，總是有很多方式掩護，所以我始終抓不到他的把柄……」

說開以後，女人的神態爲之一變，先前的偏激瞬間化作平靜到近乎冷酷的幹練。她俯低身子，周書彥將菸灰缸推向她，她嫣然一笑捻熄了菸，挺回身子，視線飄向韓平，似乎恢復冷靜後，才留意到從韓平襯衫胸口隱隱約約現出的肌肉線條，她又是一笑：「沒錯，我想跟他離婚，但總是需要先『蒐集』一些……一些籌碼……現在可好了，他死了，一切就都海闊天空。」

「感謝您對我們毫不保留。」周書彥先禮後兵：「那麼我們現在，就有充分的理由懷疑您——」

「我也不是白痴，好歹看著我老公在商場打滾了這麼些年——」吳太太打斷周書彥的話，雙眼依舊瞅著韓平：「不用在我身上浪費時間了，我有完美的不在場證明……」

周書彥和韓平的餘光迅速交會了一下，定定看回女人，願聞其詳。

「因爲昨天晚上，我和其它男人在一起……而且——」女人扯住語尾，悠然點起第二根菸，抿了抿塗抹唇蜜的雙唇，微微勾起嘴角，用能擠出汁來的甜膩聲音說道：「能作證的還不止一個。」然後緊緊含住濾嘴。

5

「都說女人四十如虎，看來是眞的。」

「這是性別歧視？」

「不算吧？說不定一般男人聽到還樂得很。」周書彥意在言外：「還有，你幾歲啦？拜託你把衣服穿好好不好？」他拽住韓平，把他扳向自己，一口氣把釦子統統扣上。

該說是邋遢？還是隨興？一年到頭經常一身襯衫牛仔褲打扮的韓平，襯衫釦子總是只意思意思扣上中間兩三顆，不要說胸膛，動作稍大一點的時候，甚至連下肚腹都會袒裸在外。

「這樣很不舒服——」韓平說著一連解開領口附近的兩顆釦子，皺起眉頭回望周書彥一眼，不明白他到底想表達什麼。

「芯穎都沒念過你啊？」周書彥旋即知道自己說錯了，冷笑一聲：「也對——某個層面來說，她比你更像男人。」

對於周書彥的絮絮叨叨，韓平難得感到有意思似的淡淡一笑，打開車門，儘管體型高大，身手卻十分矯健，背頸一弓，便俐落滑入駕駛座。

周書彥坐上副駕駛座：「接下來你打算怎麼做？」

「按步驟來，先從死者那天晚上的行程開始調查。」韓平轉動鑰匙，發動引擎：「我早上和他的秘書聯繫過，死者昨天晚上九點應酬結束後，到台灣大道那邊的『Speak 19』赴約——好像是一間酒吧。」

「爲什麼是19不是18？」周書彥並沒有打算深究這個問題，拉回正題：「秘書載他去的？還是搭計程車？」

「死者自己開車。」

「他自己開車？」

「死者沒有喝酒，應該說死者不喝酒，體質過敏，喝了會喘不過氣。」

「那麼——秘書有說他去那裡赴什麼約嗎？」

「和公司的幾名員工有個定期聚會，他們好像都是棒球隊的。」紅燈。韓平拉起手煞車。

「棒球隊？」

「聽說假日還會和其它公司打比賽。」見秒數頗長，韓平將N檔切換成P檔。

「這麼熱血啊？等一下……你剛剛說，死者對酒精過敏，會不會是——」

「解剖報告出來了，你還沒看？」

「今天一整天都被你拖著到處跑，哪有時間收mail？阿碩沒寄給我……一定又是穆一維在搗亂。」周書彥迅速滑著手機。

誰拖你啊？口乾舌燥，韓平懶得和他拌嘴。「死者的血液裡，驗不到酒精成份……不過……」

「嗯？不過……」周書彥再度在心中跟著交通號誌倒數秒數。滴答滴答——儘管還找不出確切原因，然而藉由這種方式，似乎可以讓自已的心情慢慢平靜下來。這是經過這幾年，他和心理醫生討論出來的重置方式之一。

「安眠藥的濃度很高。」

「不知道爲什麼，我總覺得這起案件……有些奇怪，犯案手法相當粗糙。」周書彥摘下眼鏡，捏了捏鼻樑，瞥向抓著方向盤的韓平：「所以現在，問題又回到了原點，爲什麼兇手要用死者的手寫下『Frozen』？你也很在意吧？要不然剛剛就不會問她那個問題了——」

周書彥的思緒，倒轉回到十五分鐘前，當他和韓平從沙發起身，正準備告辭離去的時候，踏在走廊上的韓平冷不防停下腳步，掀起一陣風般驟然轉身——

爲了表示禮貌，緊緊尾隨幾乎要貼上韓平後背的吳太太，被他突如其來的舉動給震懾住，警戒似的倒退半步，聳起肩膀，睜大的雙眼眼底激出淚光。

果然有一套，居然能在短時間內換上嬌羞的模樣——站在玄關處的周書彥偏著頭暗忖，握住門把的手遲遲沒有鬆開。

韓平說道：「最後想再請教妳一個問題。」語氣出乎意料溫和。

女人頓了好幾秒，才回過神來，按住胸口，一連點了幾個頭，示意韓平儘管開口。

「請問妳對『Frozen』這個英文單字，有沒有什麼印象？」

女人又是一愣，下一秒猛眨巴著眼睛，使勁點頭，不等韓平追問，清了清喉嚨，毫無預警突然唱起歌來：「Let it go，Let it go——」雙手還跟著狂亂比劃起來。

看著眼前彷彿轉錯頻道，拔尖聲音高歌像中了邪的女人，輪到周書彥和韓平傻住了，久久無言以對。

像是亟欲甩開那段記憶，周書彥用力晃了晃腦袋，匆匆戴回眼鏡：「話說回來，你看過那部動畫片嗎？」

韓平打了方向燈，啪嚓啪嚓、啪嚓啪嚓：「聽隔壁鄰居的小孩提過。」

「芯穎不是喜歡看動畫片？」

「她說等下載就好。」

警察的老婆啊——周書彥苦笑：「這不是下檔很久了嗎？還抓不到？」

「我們先看了《腦筋急轉彎》。」

「你哭了對吧？」

「聽說《冰雪奇緣》的票房很好。」

「票房很好？眞的假的？我完全無法理解現在的流行？那麼嚇人的音樂耶——」回想起先前彷彿驅魔的片段，像是連身體都想下意識排除似的，周書彥不由得又打了個哆嗦。

這讓他錯過倒數最後一秒的時機。

車往前開。

6

「吳先生昨天晚上確實來過。」Speak 19的老闆語氣肯定，頻頻點頭。或許是皮膚黝黑經常鍛鍊的緣故，看不出已經年近五十。留著山本頭、帶著點江湖氣的老闆從照片中抬起頭來，頗爲困惑看向捏著照片的韓平發問：「請問吳先生怎麼了嗎？」

「你沒看今天早上的新聞？」站在韓平身旁，靠著吧檯的周書彥反問。

老闆搔了搔頭：「這裡營業到凌晨兩點半，打烊收拾完，回家都已經快四點了，睡不到幾小時，又要爬起來準備開店，根本沒有多餘的時間……」

「話說回來，你們這裡到底是酒吧？還是——」周書彥打量店內一圈。

「晚上七點以前是一般的咖啡店……」老闆露出尷尬的笑容解釋道：「不營業久一點，很難賺到錢，畢竟原物料一直漲——不過現在夏天，電費又是一大筆開銷，基本上也是開愈久，賠愈多而已……」聲音愈來愈微弱，忽地老闆意識到對方的身份，連忙說道：「不、不好意思，居然跟你們發起牢騷來了……請問吳先生到底發生了什麼事？」

「他死了。」韓平的回答簡單俐落。

「死、死了？你……你說吳先生他、他死了？」老闆大受打擊，瞪圓了雙眼，說話結巴、語無倫次：「怎、怎麼可能？吳先生昨晚還好好的啊──怎……怎麼可能……」

老闆的反應，看起來比吳太太還悲慟難過。

「昨晚吳先生有沒有什麼異樣？或者，你有沒有注意到酒吧裡，有誰特別關注他？」韓平單刀直入，針對案情提出問題。

老闆似乎一時還無法平復情緒：「不好意思……」細聲低喃，轉身一把拉開冰箱，扳開啤酒拉環，仰頭一口氣灌了半罐。深呼吸好幾次，才一面搖頭，一面百思不解般囈語著：「沒有……沒有……我看不出吳先生有什麼異狀──他昨天還很開心……因爲公司的棒球隊一雪前恥……怎、怎……怎麼會這樣……」說到後來，他又低垂目光，開始自言自語。

這時候，電話鈴聲響起，在只有寥寥一、兩桌客人的店內，顯得格外刺耳。

一名大學生模樣的青年，倏然從吧檯下方站起，韓平眼睛眨了一下，沒料到吧檯裡頭還有另一個人。

周書彥也一臉興味盎然盯著青年；青年倒是沒在意兩人的眼神，迅速往老闆站的方向望一眼，便接起電話，精神飽滿喊道：「您好──這裡是Speak 19！」

對方似乎說了很長一段話，青年一連應和幾聲，但沒有回話，最後抿出靦腆的笑容，點了個頭說道：「好的，沒問題，晚上見，再見。」便掛上電話，扭頭對老闆有條不紊說道：「老闆，吳先生的公司員工剛剛來電，說今晚的預約不取消，只是從慶祝亞軍改成悼念吳先生。」

「是……是這樣啊……我知道了……」老闆的聲音細若蚊蚋。

「小子──」韓平揚起下顎喊住青年：「今晚來的那些人，就是昨晚來的那一群吧？」

青年點了個頭，明確回答：「是的。」

「你跟吳先生很熟嗎？」周書彥接著問道。

「不算熟，只知道吳先生姓吳。」青年說完逕自一笑，頗有幽默感，周書彥也不禁莞爾，覺得這位年輕人挺有意思。青年接續說道：「不過吳先生待人很親切，我偶爾會和他打打撞球——」說著，青年朝擱在後方的撞球桌指了指：「就算輸的人是我，他也會請我喝一杯Mojito。」

「Mojito？」

「一種調酒。」周書彥對韓平說道：「海明威很喜歡。」

脫口而出後，周書彥才懷疑韓平可能連海明威都沒聽過。

「啊——說到這個……」想起什麼，青年驚呼一聲。

韓平頓時瞇細眼睛，像是嗅到什麼不尋常的氣息，目光猛地刺向青年。青年帶著求救的眼神覷向老闆，踟躕半晌，像是想詢問老闆的意見。

周書彥察覺到兩人互動微妙，難得口吻嚴肅，擠壓嗓子催促道：「想到什麼就說什麼。」

「你們剛剛……不是問昨晚吳先生有沒有……有沒有哪裡不對勁嗎？」

青年話還沒說完，原先表情茫然的老闆突然「啊」一聲，一臉恍然大悟，搶先青年說道：「我想起來了——昨晚向來不喝酒的吳先生，點了一杯調酒……好像是打算搭訕某個小姐。」

「這有什麼稀奇的嗎？來酒吧釣女人，不是再正常不過的事嗎？」他可是外遇慣犯——周書彥忍住後半句話。

「不是、不對勁的不是『搭訕』這件事，是調——」

「是調酒。」這次青年搶過老闆的話。

「調酒?點調酒怎麼了嗎?」周書彥瞥向青年:「你剛不也說吳先生會請你喝Mojito嗎?」

「但昨晚是吳先生來這裡兩年來,第一次點Mojito以外的調酒。」青年語氣篤定:「我打從這間店開業第一天,就在這裡工作了。」

「你念東海?」

「逢甲。」

「我妹也是逢甲畢業的,中文系。」

「所以他點了什麼?」韓平中斷青年和周書彥的談話。

「Frozen Margarita。」老闆拉長身子搶答,差點沒跌出吧檯。

7

韓平和周書彥推開門,走出Speak 19。

「眞可惜,是一家感覺挺舒服的店呢。」也不擔心讓店家聽到,玻璃門還沒完全闔上,周書彥便感嘆道:「現在開店還眞是不簡單,不是大好,就是大壞——到處是M型分佈,難怪人家都說中產階級再過不久就會消失,說不定比蜜蜂絕種還可怕。」

「你什麼時候這麼關心生態了?」

兩人一面拌嘴，一面朝車子緩緩走去。

天空雲層厚重，下午說不定會下雨。今年和過往不大一樣，甫入夏，一連下了好幾天午後雷陣雨，災情頻仍，有些地方不只積水，甚至傳出落雷意外。

聽見玻璃門被推開的聲響，韓平和周書彥反應敏銳，同時扭過頭，和雙手拎著垃圾袋的青年對上眼。

青年很有禮貌，朝兩人點了個頭，往店後方走去，韓平冷不防轉身，小跑步往青年那削瘦的背影追過去。

「小子——」韓平喊住青年，青年停下腳步，表情寫滿困惑，似乎覺得自己已經把知道的事全都說了才對。韓平用手背刮過下顎鬍碴：「昨晚吳先生點的那杯Frozen Mar、Marga……」

「Frozen Margarita。」青年替韓平說完。

「製作那杯調酒的人，是老闆對吧？」

「我不會調酒，店裡的調酒都是由老闆親自調製的。」

「那時候，有沒有什麼不對勁的地方？」

「不對勁的地方？您該不會以爲老闆在酒中下毒了吧？但那杯酒是吳先生點給那位小姐的耶？他根本一滴也沒沾——」

「你的想像力也太豐富了吧？」跟上來的周書彥揶揄道，用手帕按了按側頸的汗水：「他的意思是，在製作調酒的過程中，吳先生和老闆的互動，有沒有什麼不對勁的地方，例如起爭執什麼的——」那應該是昨晚兩人交集最密切的時刻。

「你們這樣問……不就是在懷疑老闆嗎？」青年揪起眉毛說道，接著像是想甩開那念頭似的，小狗般用力晃了晃腦袋：「我覺得不可能。」

「爲什麼？」

「就像你們看到的，這間店，恐怕撐不了多久……老闆……老闆他一直想和吳先生商量，看看可不可以借自己一筆錢，重新裝潢店面。」

「會不會是吳先生拒絕了他，所以他才挾怨報復？」

金錢和感情——是犯罪根源的兩大宗。

「不，老闆還沒跟吳先生提這件事，他原本打算趁著今晚吳先生公司球隊慶祝，吳先生心情大好的時候，順勢提起……誰知道——我只是想向兩位解釋……我覺得老闆不可能會對吳先生不利……」

因爲一旦吳先生死了，財源也就斷了，店便不可能支撐下去。

「那麼吳先生將那杯調酒遞給那名女子後，他們兩人的互動？」

「和我剛剛在店裡說的一樣，因爲吧檯和撞球桌之間的距離太遠，再加上昨晚店裡幾乎客滿，都是吳先生公司的球隊隊員，太忙了，根本沒空注意，我把酒送過去給吳先生後，就立刻回吧檯幫忙了……」

「那麼你也沒看見那女子長什麼模樣？」

「好像挺年輕的，大概跟我差不多……但我不敢保證……我記得……她好像穿T恤還有牛仔褲……很低腰……晚上變成酒吧後，爲了製造情調，店裡光線會調得比較暗，而且……而且……」青年似有難言之隱，停頓半晌才往下說道：「而且我也不大敢直接盯著女客人看，聽老闆說……有些酒吧因爲隨便亂看而引起糾紛，被打被砍的大有人在。」

8

「你覺得怎樣？」

「我覺得那名青年也很可疑，說不定那個女子是他胡謅出來的，從頭到尾根本沒這個人也說不定。」

周書彥滔滔不絕說道，自個兒充當起正反兩方：「T恤和牛仔褲，這種打扮的女人，路上隨便一把抓都是——不過他說這種謊有什麼好處？假設他眞的是兇手的話。」

「晚上再來一趟，或許就知道了。」韓平轉動鑰匙，摩擦出金屬特有的乾燥清冷聲響，發動引擎。

「來湊熱鬧啊？」周書彥扣上安全帶。

「來見識一下台中的夜生活。」

9

夜晚酒吧相當熱鬧，人聲喧騰，和白天的冷清形成強烈對比。周書彥心想不如勸老闆徹底轉型，把店改成酒吧算了——這年頭到處是咖啡店，已經不僅僅是紅海，而是苦海。

「讓我們舉杯，爲——」

「你們裡頭——是誰在冠亞軍賽時擊出了穿越安打？」正當眾人準備爲死者舉杯悼念，韓平不識相插嘴中斷。他的聲音宏亮，像是從峽谷瘋竄奔出的一大群野牛。

對體育一點興趣都沒有的周書彥，用一臉「欸欸欸，你這是什麼鬼問題」的表情，又好氣又好笑瞪著韓平的後腦杓——他喜歡這種時刻，知道韓平正在試圖從迷霧中摸索出眞相的輪廓。

雖然不一定摸對地方——

但所謂的「辦案」，就是這樣腳踏實地，一點一點、一點一點嘗試。或許作法因人而易，沒有絕對的對錯，不過至少要找到自己堅持的信念和實際執行的方法——好比他知道自己和韓平是如此信奉的。

「就是我，是我擊出逆轉勝的穿越安打。」帶頭舉杯，發號施令的男子皺著鼻頭說道，說話時還刻意加重「逆轉勝」這幾個字，鞏固自己的英雄形象——這樣的他，可能在球場上獲得了在公司裡得不到的成就感：「請問你是哪位？」

「警察。」韓平不帶一絲情緒答道，將手伸進口袋，下半身往前挺，敞開的襯衫衣襬間露出他的肚臍。

「不、不用拿出來了……」男子態度不再像先前那般強硬。

「你有在看大聯盟嗎？」韓平抽回手，接著又問。

周書彥摘下眼鏡細細擦拭，不禁淡淡一笑，心想這樣無厘頭的問話方式，平常都是由自己負責的，今晚韓平是哪根筋不對勁啊——

周圍的同事靜默，有幾個察覺氣氛詭譎，索性悄悄退出人群，往吧檯或撞球桌那邊疏散過去。

「多多少少吧，有空會看一下，但比較常看中職，雖然知道是假球，反正就打發時間，也看習慣了——日職節奏實在慢得誇張，我常常看到一半就不小心在沙發上睡著了，還會被我老婆踹醒痛罵一頓……」儘管摸不著頭緒，男子依舊如實回答，說到後來，甚至打開了話匣子連家務事都和盤托出。

「你知道穿越安打的英文嗎？」韓平顯然對男子的生活瑣事一點興趣都沒有。

撂英文啊——周書彥忍俊不禁，心想這肌肉棒子的英文大概全是從球賽裡學來的吧。

「我怎麼可能知道啊？」男子怔愣一秒，粗聲回應：「我是看棒球，又不是學英文！」

韓平逕自解釋道：「因爲打出去的穿越安打，通常既強勁又筆直，像是一條『凍結的繩子』，所以也有人稱之爲『Frozen Rope』——」

周書彥總算明白韓平想說什麼了，他戴回眼鏡，期待對方的反應。

「喔，所以呢？」男子滿臉狐疑，心想這刑警是吃飽撐著，跑到酒吧教人英文嗎？儘管如此，韓平依然用那雙銳利的眼神，定定注視著男子，男子一陣尷尬只好促狹閃躲開目光，求救似的望向站在韓平身後的周書彥。

「平，我覺得——」不是他。周書彥當下判斷，抓住韓平的胳膊。

「她來了！她來了！——」端著托盤的青年衝向兩人，打斷周書彥的話激動喊道。

「誰啊？」不喜歡話被韓平以外的人打斷，周書彥不快問道。

「就是她啊，昨天晚上和吳先生打撞球的那個女人！」感受不到周書彥的冰冷回應，青年一派熱切說道。

10

青年往撞球桌一指。

居然眞的存在啊——周書彥心想。

「小子，接下來交給我們就好，你去忙吧！」韓平毫不客氣將青年擠開，往撞球桌大步邁去。

周書彥看了打出穿越安打的男子一眼，聳了聳肩，趕緊跟上前去。

奇怪——愈靠近那道纖細的背影，周書彥心中那股異樣的感覺，就愈來愈難以壓抑，似乎在腦袋意識到以前，嘴巴就不受控制，下意識搶先動了起來：「小佳？」他的聲音超前韓平的腳步，傳向那道背影。

一身卡通白色印花T恤和窄管牛仔褲打扮的女子，一聽到呼喚，便立刻踮起腳尖轉過身來，眨動著那雙慧黠靈動的大眼——或許是留著一頭俏麗短髮，看起來格外清爽稚嫩的緣故，若不是周書彥和韓平兩人認識對方，大概會以為她和青年一樣，大學都還沒畢業。

「周檢……韓平學長？你們怎麼會在這裡？」

打量著這個比阿碩晚來三個月，半年前剛調到中部打擊犯罪中心、連椅子都還沒坐熱的新任偵查員：「妳……該不會就是昨晚那名女子？」周書彥問道，而後湊近小佳，壓低聲音提醒：「還有，在這裡不要叫我周檢——」

小佳縮起脖子，短促輕笑一聲，接著將撞球杆當作支點靠倚著，頗有巾幗不讓鬚眉的氣勢，斜傾著頭思索片刻，忽然間睜圓眼睛，恍然大悟：「喔！我明白了，學長在調查昨晚那件發生在汽車旅館的命案？」

直覺派啊，難怪能在大吾那隊撐這麼久——被同事們暱稱為「天隊」的大吾隊，儘管破案率是全中打第一，但卻沒有幾個人想進去。因為大吾的作法太特異獨行，若沒有辦法跟上他的思緒、追上他的腳步，待再久恐怕都學不到東西。

也就是說，他或許是好警察，卻不見得是個好老師。而一旦刑警的能力無法傳承下去，就會出現斷層。長遠來看，這是對社會秩序相當不利的事：因為犯罪永遠不會出現斷層。

然而，小佳的出現，似乎是個反證——至少現在是。

又或者和大吾一樣，她剛好只是另一個例外？

「妳跟死者打過撞球？」韓平單刀直入。

「還喝了一杯Frozen Margarita？」周書彥拉回思緒後，隨即跟上，配合話題露出嘴饞的模樣。

「對啊，我就住在這附近，偶爾會過來放鬆一下，可是——為什麼學長還要調查這個案子？不是已經偵破了嗎？」

小佳的回答，讓周書彥和韓平頓時一愣，互視彼此一眼後，一頭露水瞅著小佳。見兩人似乎誤會了些什麼，小佳連忙解釋：「我是聽大吾學長說的，他今天早上一看到現場照片，就說兇手再過不久會主動投案——既然你們在這裡……就表示，兇手還沒投案？」

「主動投案？」周書彥驚呼出聲。

韓平用指頭摳了摳下顎，意味深長瞇細眼睛：「他……還說了些什麼？」

「也沒說什麼——」小佳晃動著手中的撞球杆：「大吾學長好像還說了一句……說了一句什麼『太乾淨了』……」

「太乾淨了？什麼太乾淨了？」周書彥嘀咕道，仰起頭，盯著天花板上的吊扇，試圖回想案發現場的所有細節。

「不過說到遺留在現場的那個字，Frozen，倒是讓我想到一件事……」

「什麼事？」周書彥追問，語氣急促。

「你們熟撞球嗎？」

韓平搖頭：「那是女人的遊戲，或者說，釣女人的遊戲。」

小佳抿唇若有似無一笑，似乎覺得這果然是韓平會說的話。她緩緩轉過身去，將撞球杆架上撞球桌，受到牽引般跟著俯低身子，像是隻伸懶腰的貓——一瞬間，周書彥和韓平的目光，雙雙聚集在小佳身上，小佳對準白球，手臂向後揚起，準備盪下出杆的同時，聲音清脆說道：「你們知道——」

11

幾天後，青年自首。

青年承認自己就是殺害吳先生的兇手。

殺人動機是死者想和青年分手。

「如果只是這樣，也就算了，但是當我在床上，向他開口希望能借老闆一筆錢周轉，他卻說……開不起來的店，本來就是倒了活該——他一定忘記了，那可是我們兩個第一次見面的地方……」

「你為什麼要留下自己的血？」周書彥問道。

浴缸周圍太乾淨了——這應該就是大吾當時說的那句話。

四周一點血跡也沒有，但瓷磚上卻留有一小灘血，這就表示，那灘血不是死者的——所以大吾才能肯定兇手從一開始，就打算自首。

然而，看到命案現場那滿浴缸的豔紅血水，又有誰會立刻想到瓷磚上的那灘血居然不是死者的呢？大吾想到了。

那麼，包括現在自己和韓平坐在這裡偵訊青年的一切，也都在他的意料之中嗎？

他知道青年只是想在告別式上，和自己心愛的男人做最後一次告別嗎？

「我想讓所有人知道，我愛他，而他也愛過我。」

「那麼……」周書彥看向韓平，目光停留在他眉宇刀疤的末梢。

到最後，韓平和周書彥都沒有開口，問青年為什麼要用死者的手，寫下那個字。

或許就和小佳那晚說的一樣——

「你們知道……這種情形，也叫作Frozen嗎——」話聲甫落，小佳輕輕擊出白球，白球將球撞散後，和其中一顆從邊緣反彈回來的球，停住後恰好連在一塊兒，像是手牽著手，貼捱著彼此似的。

小佳沒有撇過頭看向兩人，只是緊緊握住撞球杆，站直身子，低垂著頭，靜靜注視著撞球桌上並肩的那兩顆球，輕聲說道：「『Frozen Ball』。」

像椰子一樣的女人

1

房間熱到快發芽。

上半身赤裸，下半身只穿著一件棉質三角內褲的阿碩滾輪般翻過身，趴伏在床沿，略微斜傾身軀，一手支撐住自己身體的重量，另一手則往底下撈索。

撈了好一陣，終於抓起掉在地毯上的手機，仰向天花板，伴隨輕盈音效，他解鎖滑開螢幕。兩點十三分。強烈的光芒讓他瞇細單邊眼睛。

「熱死了——」彷彿為了宣示自己的決心，阿碩從胸腔擠出這句話，緊接著起身，用掌心抹去下腹部滲出的汗水。眼睛逐漸適應黑暗，走出臥房前，阿碩瞥了一眼牆上的冷氣機，重重嘆一口氣。

明明已經報修一個禮拜，卻遲遲不來修理，儘管不好意思催促房東，但阿碩心想，要是再不趕緊修好，連續失眠一個禮拜的自己，恐怕就要精神耗弱——今天在現場勘驗蒐證的時候，還一時犯睏恍惚，差點犯下大錯，被一維學長狠狠罵了一頓，連小佳也用一副不敢置信的表情看著自己。

一想到這裡，又忍不住嘆了一口氣。

後背好像被叮了——反手抓著癢，阿碩打著赤腳走進廚房，拉開冰箱倒了一杯冰水。一口灌完，又倒一杯，抓著杯壁起霧的水杯來到客廳。微光從落地窗照入，將房內輪廓隱隱約約勾勒出來。

他挪動腳底，緩緩環視一圈。即使搬進這公寓將近一年，他還是忍不住心想這地方只有一個人住，果然太寬敞了。

五十二吋液晶電視機旁邊，層層疊疊，堆著好幾個紙箱，在牆上製造出一大塊一大塊的陰影，像是一座洞窟，給人一種封閉的壓迫感。

紙箱裡頭，全是阿碩父母從屏東老家寄來的東西，有無菌毛巾、軟毛牙刷和不含氟有機牙膏之類的生活用品；也有蜜餞、雙糕潤和牛肉乾之類的零嘴；甚至連南北乾貨、中藥補品和直銷綜合維他命都有——

一時之間，彷彿聞到了濃厚刺鼻的藥材味道，阿碩皺起眉頭，掐緊玻璃杯。明明已經說過好幾次，要他們別再寄這些東西上來——這、裡、都、買、得、到！阿碩在電話裡這麼說，但他們就是聽不懂。都已經搬來台中進台中市政府警察局服務將近兩年了，還是幾乎每半個月就會收到滿滿一箱包裹。

從以前就是這樣，不管自己怎麼想、怎麼解釋，他們都充耳不聞只顧著將那些自己認爲對孩子有益的東西，一股腦兒塞過來要自己接受。

阿碩仰頭，像是試圖窺探洞外的月亮，將冰水猛地一飲而盡。冰水從喉頭刷過，拽動喉結的瞬間，綳凸的頸部肌肉用力抽搐了一下。

2

叮咚，歡迎光臨——

套上運動背心和球褲，阿碩來到公寓一樓的便利商店。

一踏進店裡，阿碩先是下意識，往坐在落地窗旁高腳椅座位上的女子瞥了一眼，而後旋即撇開頭，和垮著肩膀站在收銀台前、穿著褪色制服的男大學生店員對上視線。對方一看見阿碩，立刻睜亮白色粗框眼鏡後頭那對小眼睛，擠動能夾死蚊子的厚實雙下巴，朝他點了個頭。

阿碩也向對方點頭回禮——失眠這一個禮拜，他每天都在這時候光顧。

「一樣是原味的霜淇淋嗎？」阿碩還沒走近，店員便高聲喊道，在連廣播都關上的安靜店裡，顯得格外突兀。

阿碩抓了抓鼻翼，垂下目光——他原本打定主意，想試試看今早小佳嚷嚷著超好吃、季節限定的大吉嶺紅茶口味，最後只是低低「嗯」了一聲，似乎對自己的深夜造訪，打擾了身後那些好端端擱在架上的商品而感到過意不去。

「這是您的霜淇淋。」

用悠遊卡結了帳，阿碩接過霜淇淋，立刻忍不住舔了一大口，嘴角沾上霜淇淋。店員忍俊不禁，專注對付霜淇淋的阿碩沒有察覺，轉過身去，繞過巧克力大展陳列架和雜誌書籍區，從擺滿寶特瓶飲料和各式進口啤酒的冷藏櫃前歪歪扭扭走過，來到落地窗邊橫列座椅的另一端。

阿碩跨坐下來，又舔了一口霜淇淋，眼角餘光無法克制，像是寫好的基因——如同蜜蜂注定被花蜜吸引般，被端坐在彼端的女子吸引過去。

宛如坐在蹺蹺板的兩側，阿碩和女子之間維持著微妙的平衡，似乎一旦誰的身子傾斜半分，誰的眼神角度偏移半吋，就會破壞好不容易達到的靜止狀態。

3

女子有一張堅毅的側臉。

剛正不阿。不知道爲什麼，阿碩腦中頓時浮現「開封有個包青天」，險些當真唱出聲來。

阿碩縮起脖子偷偷笑著，悠悠回想起自己和女子初遇的那晚。

一個禮拜前，「正式失眠」的第一天，他同樣來到便利商店打發時間，想捱過漫漫長夜。

一踏進店裡，涼爽空調迎面撲來，和一個長得一臉老鼠樣、還搞笑似的穿著一身應景鼠灰色西裝的瘦削男子擦肩而過後，他看見她——女子將髮絲緩緩撩至耳後，側身彎下撿起那名瘦削男子沒有確實塞進垃圾箱而掉落在地的鋁箔包，將裡頭的空氣一點一點擠出後，由邊角往內收摺、仔細壓縮體積的畫面至今令他印象深刻。

就像是椰子一樣——外殼堅硬，內裡柔軟。明明不認識對方，甚至連一句話也沒說過，但阿碩此刻不由得產生如此聯想；並偏著頭好奇思索，倘若今晚空調已經修好，又或者天氣沒有那麼熱，自己或許就不會將眼前的女子和椰子連繫在一塊兒也說不定。

女子含住紙杯，輕啜一口。儘管一絲味道也聞不到，阿碩猜想那應該是美式咖啡，當然是無糖的——像是想驅趕那股從舌根蔓延開來、想像中的苦澀味，他壓低頸子，再度舔了一大口霜淇淋。

已經連續一個禮拜，每天凌晨都在這裡碰見她。阿碩突然靈機一動，想試著模仿大吾、韓平甚至是小佳，想試著像一名「真正的」偵查員那樣，仔仔細細觀察對方，從對方身上蒐集動作、神情以及習慣等各種細節，推敲出對方的職業，或者——目的。

這個詞彙閃過心底的剎那，阿碩忽然間感到愕然——困惑是什麼原因，會讓一名女子一連好幾天凌晨兩、三點還不睡，隻身一人待在便利商店呢？總不可能和自己一樣，房間空調故障被熱到失眠來打發時間吧？

阿碩輕輕晃了晃腦袋，甩開那個一點根據都沒有的想法，將注意力重新聚焦在女子身上。

女子有著一頭旁分、長及下顎，髮梢略微蜷起的淺褐色頭髮，面前攤開一本筆記本，左手腕戴著一隻墨綠色錶帶的淑女錶，右手則輕掐著一根原子筆——作家？阿碩心想，女子該不會是作家吧？聽說很多作家都是在這時候寫作，夜深人靜的夜晚靈感特別旺盛。

還是——編劇呢？據說電視編劇也是血汗事業，尤其ON檔戲，經常寫出一身病來。這不全然是道聽塗說，阿碩有個警校同學，畢業後沒當警察，跑去寫鄉土劇，寫到後來不但肝出問題，還得了青光眼。

不對。女子的神態相當從容，不像是被什麼東西追著跑。阿碩隨即否定這個推測，因為女子穿著一身拘謹的黑色套裝，與其說是作家、廣告文案或者從事其它文字工作，倒更像是業務——保險業務。

儘管各種行業都有業務：銀行、房仲業、直銷、甚至出版社……但阿碩就是無法阻止自己心底竄起的第一個念頭。

前陣子，阿碩和一個同班六年的中學同學見面——和所有人差不多，當年中學畢業各自進入不同大學，有了不同的生活圈後自然而然斷了音訊。半年前因為臉書重新搭上線，對方立刻約自己出來吃宵夜說想敘舊，哪裡知道，小菜才剛送上連寒暄都還沒開始，便急著向自己拉保險說最近在衝業績。

這讓阿碩滿懷重逢喜悅的情緒頓時冷卻下來，胃口盡失。那時候，對方沒有察覺到阿碩的失落，一面喝酒、一面侃侃而談，說幹保險這行有多辛苦，待會兒一、兩點還約了某間燒烤店的老闆要簽一張金額頗爲可觀的保單。

4

阿碩又晃了晃腦袋，這一回，比先前劇烈許多。

他希望女子不是。並沒有歧視保險業務的意思，只是近來受到打擊而感觸良多——任何關係一旦牽扯金錢，感覺上總缺少了一份純粹。

要是被一維學長知道了，大概會被賞一拳，說自己好傻好天眞——哪種關係到最後能眞的和錢一點干係都沒有？別說友情，即使再親暱的親情，或者愛情都不行。又或者，就是因爲太親近了，才會不得不將最私密敏感的地方統統掀上檯面。

就是要經得起這些考驗啊——阿碩不是不明白這個道理，但也許現在的自己就是想傻，就是想天眞。

不知不覺之間，陷入自身思緒的阿碩已經側過身子——好像完全不擔心被對方察覺，直勾勾注視著那名女子。女子戴在左耳上的耳環發出低調內斂的光輝。

不是作家的話，說不定是出版社的編輯？可能正擔任某位知名作家的責編——阿碩動用渾身上下所有直覺，從女子散發出來的氣質作出判斷。

冷不防，女子將原子筆夾入筆記本，打直腰桿站起身來。

有那麼一瞬間，阿碩還以爲對方發現自己正在觀察她，趕緊扭過身別開頭閃避視線，險些狼狽滑下座椅。

女子似乎沒有發現阿碩的舉動，她將筆記本俐落收入人工皮革手提包，抓起紙杯，蹬著赭紅色坡跟鞋往自動門走去。經過垃圾回收箱前時，身子甩尾般陡然一側，將捏扁的紙杯塞了進去。

女子站在紅綠燈前，準備過斑馬線，這裡是主要幹道，即使入夜仍然不會變成閃黃燈——對街同樣是住宅區，一整片陰暗。

阿碩記得這附近，近來傳出幾起襲擊事件：有幾名女子下班夜歸途中，被不知名的人士用重物從後方攻擊——基於受害人彼此互不相識，初步調查也沒有與人結怨或者金錢糾紛，目前認爲是針對不特定對象犯案的隨機傷害事件。

根據受害女子清醒後做的筆錄，對方疑似是利用鐵鎚或榔頭之類的金屬鈍器敲擊後腦杓——受害女性全是三十歲出頭的ＯＬ。

一想到這裡，阿碩已經追出便利商店。叮咚，謝謝光臨——趁著號誌燈尚未倒數結束，趕緊橫越馬路，往女子背影尾隨而去。

5

擔心驚動到對方，阿碩小心翼翼保持一段距離。

四周愈來愈陰暗，昨天市政府剛派人修好的街燈又壞了幾盞。女子的背影時隱時現，不斷刺激著阿碩的視網膜甚至是全身上下的每一條神經。

就這樣走著跟著，阿碩的心臟忍不住愈跳愈快，心想大吾他們身爲刑事體系的外勤單位，是不是每次出任務都得這樣步步爲營？曾聽小佳說過，「跟監」比想像中難多了——根本就不是電視劇裡演的那麼一回事。

對於周遭環境的變化，人的敏銳度其實出奇地高，尤其是移動時，要不引起對方注意，需要耗費極大的心力。「跟下一盤棋一樣。」大吾低聲說道。他領有圍棋業餘六段證書。年輕時代表警大參加圍棋大專盃還得過冠軍。

只是稍一分神，光影迅速閃動，一道黑影忽地竄入視線，朝女子背影拔腿衝刺。

事發突然，阿碩一時間喉頭鎖緊喊不出聲音，只能加快腳步奔上前去。

聽到急促的腳步聲，女子抓緊手提包提帶，匆匆回頭，扭頭的瞬間，只見一名男子已經衝到自己面前，黑影大幅度籠罩過來。來不及反應，女子怔愣住，僵立原地——男子瞪大眼睛面目猙獰，高高舉起手上的球棒，一把揮向女子。

「小心——」阿碩終於成功喊出聲來，撲向那名比自己還高大的男子。

儘管體格不及對方，所幸阿碩還沒將在警大修過的擒拿術統統還給教官，經過一番纏鬥成功制伏男子，將對方重重按壓在柏油路面上。

「沒、沒事了……不用害怕，我、我是警察——」阿碩抬頭望向女子，試圖安撫女子的情緒——他的臉頰和手肘擦出傷口，沾黏著豆大的砂礫。

女子膝蓋細細顫抖，一臉茫然直盯著阿碩和被他壓在身體下的男子，久久不發一語。

「不要動——」咕噥的同時，阿碩手臂施力，將身體重量往下放，男子這會兒終於放棄掙扎。「方便的話——」阿碩揚起音調喊道：「麻煩……麻煩幫我打電話報警……」第一次處理這種情況，阿碩感覺自己簡直就是個超級英雄，血液直往腦門衝，太陽穴噗咚噗咚跳動，滿臉通紅，顯然興奮過頭，最後又咧嘴露出那總被穆一維揶揄「憨傻」的招牌笑容說道：「我手機放在家裡！」

像是重開機完畢，女子這才回過神來，她眨巴著眼睛，收起倉皇神色，恢復在便利商店時那種看不出情緒的平淡表情。就在阿碩以爲她要掏出手機報警時，下一秒，女子驟然背過身，朝來時的方向快步離去。

「欸——」沒料到對方會拋下自己落跑，阿碩扭頭喊道：「欸——」他又高聲喊了一次。

從上頭傳來窗子「唰」一聲用力拉開、劃破空氣的聲響，阿碩忙不迭含住嘴巴，縮起脖子，想到現在可是凌晨好夢時分。

「幹！知不知道幾點了——你不睡別人要睡！操你妹、幹！」樓上住戶罵聲連連。

「不、不好意思——」阿碩著急回喊，怕對方關上窗。

「幹——」有垃圾丟了出來，應該是寶特瓶，在不遠處的柏油路面上彈跳了幾下。對方大概覺得這傢伙未免也太白目。

「可、以、幫、我、報、警、嗎——」阿碩仰天長嘯。

前來處理的員警裡頭，成員之一是熟面孔鄭宇浩。不遠處，幫忙報警的中年男子打著赤膊喝啤酒，一臉看好戲的模樣。

眞想跟他收費——阿碩想起穆一維每次到現場，都會皺起鼻子看向外頭那些湊熱鬧的圍觀民眾如此咕噥。

「謝謝學長，學長眞是幫了大忙——這附近最近眞的很不平靜，里長一直在向所長抱怨，但你也知道，人手眞的不夠。」

都已經人力不足了，前陣子新聞還報導說政府打算縮編公務員，號稱「財政瘦身」——其中也包括警消。果眞是天高皇帝遠？基層員警過勞暴斃事件層出不窮，都已經一個當三個用了還不夠？又不是人人都是葉問。

慘的是，就算是葉問，也打不過國家機器。甚至還可能被國家機器裡的一小顆螺絲釘折磨到痛不欲生。

「不是說過不用叫我學長嗎？」阿碩往鄭宇浩的胳膊用力一拍：「有在偷練喔！」接著戳了戳他的二頭肌。

鄭宇浩靦腆笑了笑，歪著頭說：「還可以，最近才剛開始——差韓平學長差遠了……不過學長怎麼會這時候出現在這裡？」他打量阿碩的衣著：「學長住這附近？」

阿碩噗哧一笑，擺了擺手：「比不了、比不了——你有看到嗎？他的手臂是我們的兩倍粗耶！」大概改不過來了，他放棄糾正鄭宇浩這位「學弟」，手隨之往前比劃：「前面過馬路那棟公寓，最高那棟，我就住那裡。」

「奧林匹亞大廈？那裡房租不便宜吧——學長一向都這麼晚睡？」

阿碩正在思索該怎麼回答鄭宇浩才好。「宇浩，要走了！」將現行犯押上警車後，另一名員警喊道。

「好——學長，那我先走了！」

「下次有空再聊。」阿碩輕輕拍了拍鄭宇浩的後腦杓，就像當自己表現好的時候，一維學長對自己做的那樣。

接下來會將男子送去分局偵訊，然後移送地檢署起訴，最終開庭判刑。

一樁案子就是這樣偵破，正義就是如此獲得伸張的——眞是太好了，小鎭復歸平靜。阿碩心滿意足想著。

目送警車往遠方駛去，不知怎地，突如其來，阿碩覺得平常看慣了的警車有些陌生。

事情結束，一放鬆下來，汗水從毛細孔大量滲出，像從冰箱裡拿出來的啤酒罐。轉眼間，只見阿碩的頸項、後背、胳臂——整件背心、甚至連內褲都濕透了，夏日晚風從巷弄深處口哨般幽幽吹來，居然引起一陣惡寒，讓他不由得渾身一抖，打了個結實的哆嗦。

6

隔天夜晚，阿碩再度失眠。

阿碩在床上左翻右滾，最後放棄掙扎，撥開棉被，坐起身來，抓起床頭櫃上的遙控器，我明明是英雄耶——賭氣似的按掉早上就已經修好的冷氣。

叮咚，歡迎光臨——

阿碩趿著拖鞋，穿著寬鬆的印花T恤踏進便利商店——T恤上頭的圖樣是蝙蝠俠，前年參加路跑得到的。一走進去，便和坐在窗邊，剛好抬起眼的女子對上視線。

男大學生店員站在霜淇淋機前，瞥向阿碩，正準備操作機器給他一隻「熱騰騰」的原味霜淇淋。阿碩見狀趕忙出聲制止：「啊、請給我一杯熱美式。」

阿碩捧著一杯熱美式，和之前一樣，繞過陳列架，從冷藏櫃前方走過，在距離女子最遠的座位坐下。她穿著和之前一樣的黑色套裝。明明是不起眼的黑色套裝，存在感卻異常鮮明。

他壓低頭子啜了一口，不禁皺起眉頭，咕噥一聲：「好苦——」

女子似乎聽見阿碩的牢騷，抿起唇，嘴角若有似無上揚，勾勒出隱隱約約的微笑，將臉略微別向阿碩。倒映在落地窗上的臉龐，或許是因爲角度的緣故，讓她的眼神看起來有些寂寥。

女子抿了抿嘴唇，猶豫片刻，才發出細微的聲音：「昨天……謝謝。」匆匆瞄了他一眼。

受到鼓舞，阿碩海豹似的噘起屁股，往旁邊挪了兩個位置來到女子身邊——要是穆一維在場，肯定會嘀咕「得寸進尺」，當然免不了再敲一下他的腦袋。「妳也住在這附近嗎？」藏不住話，沒辦法，這就是他。

沒有立刻回答，女子斜傾著頭，垂落的髮絲映照著緞帶般的光澤，彷彿對阿碩的問題感到困擾。女子淡然的反應，讓阿碩意識到自己方才的問題不大合適，可能被對方誤以爲是刺探、搭訕或者有什麼其它的企圖，於是連忙解釋：「我、我沒有別的意思——」

「我知道，你是警察嘛！」女子的表情明亮起來。她的聲音，比阿碩想像中富有磁性，也厚實許多，和她纖細柔和的輪廓有些微和感；但語句尾音輕柔，語畢放鬆心情般垂下眼角，露出淡淡笑容。

阿碩發現她微笑時，左邊會露出一顆小巧的虎牙；不只如此，阿碩還發現，女子的眼睫毛很長，讓他聯想起從屏東火車站往老家途中，沿路上在燦亮日光底下枝葉伸展的椰子樹葉——儘管自己已經好久好久沒回去了。

女子向阿碩道歉，說昨天晚上嚇壞了，手足無措，所以才會丟下他一個人逃走。

「沒關係，遇到那種事，誰都會嚇到的。」阿碩輕鬆帶過：「不過，只是建議而已——一個人，尤其是女性，我、我沒有歧視的意思……只是覺得都已經這麼晚了，最好早點回家……」阿碩下意識往女子手邊瞥了一眼，發現她今天沒有拿出筆記本，怕過於試探又惹女子不高興，將原本都湧上喉頭的那句：「還是妳和誰有約嗎？」硬是吞了回去。

「謝謝你。」女子簡短回應。

「不用謝我……反倒是我們這邊覺得很不好意思……目前還沒有足夠證據起訴對方。」

「他會被放出來？」女子反應機敏，看阿碩表情便知一二：「還是已經放出來了？」

「因爲是傷害未遂……」

根據刑法第廿五條規定：已著手於犯罪行為之實行而不遂者，為未遂犯。未遂犯之處罰，以有特別規定者，為限。故區別傷害罪之既未遂，自以有無造成傷害之結果而定：如行爲人著手實施傷害行爲，惟未造成他方身體或健康遭破壞之結果者，即屬於傷害未遂，惟刑法除第二百七十八條第三項外，未規定傷害未遂多之罰則，故傷害未遂非刑法之處罰對象。

簡單來說，就是只要沒有眞正把人弄傷，即無罪。

原來犯罪也是零和遊戲。

「法律果然很奇怪。一定要出了事，才有辦法保障人民的權利。」女子抿出清淺笑容，即便是苦笑也是猶如蜻蜓點水：「照理說，法律應該是爲了保障多數人的幸福而制定的……不好意思……跟你發起牢騷來了，明明法律又不是你們制定的……我猜想——你們有時候應該也很無奈吧？」

夾在法律和人民之間——特別是網路時代，很多時候確實承受莫大壓力。因爲身爲警調單位的他們，像是工蟻，時時刻刻得站在第一線面對大眾。然而他們實際上所能行使的權力，又經常受到多方干預。不說別的，光是「市議員擁有審核地方警局預算」這件事，就令人感到匪夷所思。

「對了，我還沒自我介紹吧？」不談論那些一時半刻無法改變的事了，阿碩決定開啟新話題：「大家都叫我阿碩，妳——」

阿碩正想詢問對方的名字，但女子冷不防站起身來，抓起手提包：「不好意思，我要回家了。」

撂下這句話，女子轉身快步離去，連紙杯都忘記帶走。倉促的背影和昨晚逃離的身影重疊在一起。阿碩看了紙杯一眼，想扳開蓋子確認自己的直覺究竟正不正確：是熱美式嗎？旋即轉念一想，覺得這種作法未免太變態了，於是只是抓起紙杯走向資源回收箱。

自動門在面前緩緩開啟，熱風往身體包覆過來，阿碩望向深夜裡煥發出螢白光亮、宛如一條發光階梯的斑馬線，發現自己再也無法刻意忽略昨晚看見的那件事——而也正是因爲那件事，才會讓阿碩忍不住尾隨女子，才會意外逮到那名襲擊女子的現行犯：那名有著椰子清新風格的女子，正在跟蹤一個禮拜前，和阿碩在便利商店門口擦肩而過，那名有著一張老鼠臉的瘦削男子。

7

昨晚也是這樣——女子一看到瘦削男子在對街下了計程車，便立刻收拾東西追了出去。

阿碩加快速度，以免跟丟，同時不忘時時提醒自己放輕腳步，以免被女子察覺。他比昨晚更加小心。他總有一種直覺，覺得那名有著椰子般外殼堅韌內裡柔軟的女子，只要自己稍一鬆懈，就會被那敏感的神經逮個正著。

陰影從上頭壓下，燈還是沒修好——還是又壞了？

那些拖著一身疲憊晚歸的人，除非成為受害者——或者目擊者，否則絕大多數都不清楚自己的生活圈裡發生了些什麼事。也許更精確來說，這並不真正算是他們的生活圈。他們正在喪失自己的生活。

記得之前研習時，曾聽過類似的講題，提到這是社區失能的一種——還是社會失能？

小心別被發現、小心別跟丟了——阿碩不斷在心中為自己打氣。

女子跟著瘦削男子，阿碩則跟著女子，三人就像是以女子為中心點的天秤，一旦沒有拿捏好距離，就會破壞其中平衡——瘦削男子拐入暗巷，女子稍稍加快腳步，探頭確認後，也跟著拐進去。

阿碩小跑步起來，繃緊腿部肌肉將腳步聲降至最低——此時夜深人靜，彷彿能聽見柏油路面將白日蓄積的熱氣緩緩逸散開來幽微的蒸騰聲響。

一拐入窄巷，阿碩立刻煞住腳步，倒抽一口氣，只見女子佇立不動，背影隱隱約約顫抖。

一時間，阿碩以為自己被發現了，鎮定下來，定睛一看，才明白過來女子為什麼被震懾在原地，久久無法動彈——被女子跟蹤的那名瘦削男子，此刻如死鼠般四肢癱軟趴臥在地，頭部周圍淌滿血液，在微光中可以看見後腦杓漫漶出一大片濕亮的反光。

8

有了昨晚經驗，這一次阿碩學聰明，將手機帶在身邊，也就不用厚著臉皮打擾住戶。阿碩將女子留下，請她以「關係人」的身份回局裡配合說明，緊接著打回局裡。今晚輪值的是大吾那隊，小佳接的電話，聽了阿碩的簡述，回答會先通知鄰近的派出所派員警去維護現場。「大吾學長和我馬上過去。」小佳說完後切斷通話。

等待期間，兩人沉默以對，阿碩實在憋忍不住，走到瘦削男子的屍體旁，注意女子動向的同時，彎下身子，用手機的手電筒照明，打算在鑑識人員趕來之前再次檢視屍體——儘管剛才已經確認過死者腦後骨破裂，但因為急著通報，來不及仔細審視傷口。

應該是某種鈍器，鐵鎚、榔頭或者扳手——不知怎地，阿碩心中浮現一股強烈的不安。

這時候，警車來到巷口，員警趕到，俐落拉起封鎖線。昨晚那名中年男子又出來看戲了——不，這回不止有一名觀眾，屍體向來能引起不少關注。幾戶人家的燈亮起，紛紛打開窗子，絲毫不擔心好不容易降溫的房間又灌進熱風。

一見到鄭宇浩，阿碩便按住膝蓋，挺起身子高聲叫道：「你連續值兩天夜班啊？你們派出所還真硬

——」

向來很有禮貌的鄭宇浩，此刻目光卻直視前方，徹底無視於阿碩的招呼，令阿碩摸不著頭緒，笑容和手都僵在一半。

只見鄭宇浩直直走向那名女子，甚至跑了起來。就在女子轉過身來，將散落的髮絲撩到耳後的瞬間，他喊出聲：「妳怎麼會在這裡？姊——」尾音不受控制分岔。

9

照理說，應該先傳喚昨晚那名對鄭曉存在攻擊意圖的高大男子，然而當派出所派遣員警上門查訪時，發現他正在和朋友打麻將——儘管是有瑕疵的不在場證據，但還有另一個較難推翻的地方在於：公寓本身裝有監視器。調閱後並沒有發現男子出入的可疑跡象。

偵訊室內，小佳和女子對坐兩側。

女子名叫鄭曉，是鄭宇浩的姊姊，長他四歲，上個月剛滿三十，上升星座和大吾一樣是天蠍座。

阿碩一開始的直覺沒錯。

鄭曉是作家，出版過六本犯罪懸疑小說，本本暢銷，曾被翻拍成電影，有幾本還翻譯成韓文和泰文；但不曉得什麼原因，至今已經三年沒有推出新作——這些全是用手機查來的。阿碩抬頭，看向單向玻璃另一側的偵訊室。

「方便請教鄭小姐，那個時間，妳爲什麼會出現在那裡？」小佳問道，瞄了左手邊開向走廊的小方窗一眼。她知道鄭宇浩就在外面守候。小佳收回視線，凝視著面前的鄭曉，加一把勁：「妳住那附近嗎？」

「我可以打一通電話嗎？」風馬牛不相及的回應，鄭曉語氣平穩自然，像是在街上攔人問路。

「妳要找律師？當然可以。」小佳按住桌面準備起身，她並沒有要佔對方便宜的意思。她向來堅定「程序正義」有其必要──只是對於女子的警戒心之強感到意外。

「我不需要那種東西。」鄭曉的聲音維持在一個固定的頻率。

她討厭律師嗎？爲什麼？

「很抱歉，如果不是要找律師，可以請妳先配合偵查嗎？」現在不是示弱的時候。小佳的口吻軟中帶硬，試圖將蘊含其中的威迫感傳達給對方。

只有小佳一人上場，大吾決定放手讓她嘗試；另一方面，也是因爲這次是好機會──女對女相對容易敞開心房。

但眼下發展，顯然不是這麼一回事。坐在角落打字紀錄的年輕學弟停下手，怯生生瞄向她們──事實上，沒有比兩個女人對峙還更令人緊張的事。

「打完這通電話，我就全部告訴你們。」彷彿看穿了小佳的心思，鄭曉緩緩躺入椅背，不疾不徐說道：「介意的話，我可以在你們的面前打這通電話，我只是想叫我朋友來接我而已。」

「這時間？」小佳垂眼，往腕上的手錶匆匆一瞥，三點四十七分。凌晨。

「這時間，一個人搭計程車太危險。」鄭曉順著小佳的話逕自說下去。

「有這麼趕？」

鄭曉想也沒想：「有。」

「這女人不簡單。」站在阿碩身後的穆一維忍不住咧嘴嘀咕道。

「難、難道一維學長認爲她……是兇手？」阿碩扭頭看了看穆一維，接著往一旁背靠在牆上仰頭注視著天花板，一副置身事外的大吾望去：「大、大吾哥——」阿碩急著知道大吾的想法。

「她不是兇手。」輕描淡寫。定定看了阿碩一眼，大吾吐出這句結論，留下還丈二金剛摸不著頭緒的阿碩，扭開門，踏出房間，踩著穩健的步伐往走廊底端的樓梯口走去。

「還眞的讓小佳一個人自由發揮啊？是信任？還是放牛吃草？還是……小佳已經有什麼想法了呢？」穆一維耐人尋味嘀咕著。

「有什麼想法……一維學長、小佳是不是和大吾哥一樣知道了什麼？」

「你還沒習慣啊？他們是大吾小佳耶——」

「那一維學長呢？是不是也……」

「也怎樣？」穆一維打斷他的話：「死人還勉強湊合，活人的事——我一點都不想管。」他打著呵欠往門口走去：「我也要去泡杯咖啡。」

10

打完電話，鄭曉履行承諾，一五一十交代自己的行動，言談流暢洗鍊，像是早就已經擬妥草稿。

「所以……算是徵信社嗎？」一人徵信社。小佳身子微向前傾問道，不只是確認而已——在這裡，這種方式稱之為「釣魚」，重複對方拋出的資訊，意在引導對方說出更多細節。

「類似吧……不過——」鄭曉聳了聳肩頭，明明看似自我解嘲，語氣卻相當微妙：「不過沒有政府立案就是了……因為我寫過幾本那方面的書，朋友有時候會找我幫忙調查這方面的事，不過抓姦倒是第一次。」

「現在不寫了嗎？」小佳突然偏離主題的提問讓鄭曉無法立刻反應。以為對方沒聽清楚自己的話，小佳重複一遍：「現在不寫小說了嗎？」

鄭曉遲遲沒有答聲，小佳明白她的意思，沒有繼續追究的打算。

小佳原本想利用對方主動提起的關鍵詞，開展新的話題。但適時的放鬆也是必要的——必須進入當事者的心，才能從中掌握事件的核心。因為就某種程度而言，沒有誰比他們更接近眞相。甚至某些時候，他們即是眞相的「製造者」。

整頓心情後，小佳換另一個角度再度發問：「死者和妳朋友的關係是——」

「夫妻。」相較於先前的問題，這一回，鄭曉明快回答，但忽然間停頓了一下，眼神閃過一絲落寞，抬眼看向小佳時，抿出像是嘲諷、又像是苦笑的複雜表情，打起精神說明道：「不過正準備打離婚官司……反正這些你們調查一下也會知道——他們有一個小孩，兩邊都不想放棄，但是我朋友因為那個男人的關係……他是她公司的上司，被施壓離職，沒有足夠的經濟能力，律師評估，如果眞的離婚，獲判得到小孩的機率微乎其微。」

「妳想取得她先生外遇的證據，好增加她的勝算？」

鄭曉收起笑容，輕輕點了點頭，嘴角旋即又微微勾起，一臉「這不是顯而易見的道理嗎」的表情。

「妳的朋友就是妳剛才打的那通——」小佳看向鄭曉，彎起眼角。

鄭曉點了個頭，沒讓小佳把話說完：「她應該已經到了。」又或者，是幫她把話說完。

不曉得是不是錯覺，兩個女人的嘴角似乎浮現心有靈犀的默契微笑。

11

「不好意思，不會耽誤太多時間，想請林小姐配合回答幾個問題。」小佳以此作爲開場白，陸續提出問題。

「沒錯……我的確委託了鄭曉，請她幫我找出我先生外遇的證據——你們應該知道了，她是寫小說的，推理小說，腦筋很聰明……我眞的、眞的覺得對她很抱歉……居然、居然讓她遇到這種事……我接到電話的時候，整個人立刻從床上彈起來，瞬間驚醒……」

鄭曉的女性友人，名叫林彥儀，對坐在對面的小佳滔滔不絕說道。她穿著米白色開襟羊毛衫，在這種天氣裡讓人感到格外悶熱。

回到偵訊室另一側的大吾，手裡抓著被染成淡褐色的馬克杯，冷不防打破沉默，對專注瞅著新對決的阿碩說道：「這裡已經結束了……你應該還有事要去處理才對。」

「結束了？」阿碩不明白大吾的意思：「我……我要處理什麼事？」

「這傢伙就是兇手。」大吾的神情看不出來在開玩笑——阿碩知道大吾哥從來不開玩笑。

「她？她是兇手？」阿碩感覺自己的後腦杓，瞬間宛如被鐵鎚重重一敲，視線先是一黑緊接著眼冒金星。

「不只是今晚，之前幾起夜半襲擊上班女性事件，也都是她做的。」

「犯罪者不會隨便更換襲擊工具，尤其是連續慣犯。」不知何時也回到房間的穆一維接續大吾的話往下說道：「大概是想報復那些長得像勾引自己先生的女人吧——」

「爲什麼、爲什麼……爲什麼大吾哥會這麼肯定？」阿碩嚷嚷著，像無理取鬧的孩子：「又是直覺嗎？」

「直覺？」反倒是大吾困惑了，他沒有繼續糾結，按住阿碩的肩膀，視線往另一側穿透過去：「你仔細看看她。」大吾冷靜說道，一雙炯炯有神的眼睛，盯住高談闊論的林彥儀：「剛睡醒的人，精神不會這麼亢奮。」

「有可能是因爲先生才剛遇害——」

「拜、託——虧你還是鑑識人員……」穆一維沒好氣說道：「我問妳，那她又爲什麼有心思化妝？就像是——」

「就像是她根本還沒回家。」沿著穆一維的邏輯，阿碩被自己脫口說出的推論嚇了一跳。

大吾斜睨阿碩，眼神銳利，彷彿在逼問他「不只這樣吧？你發現的——不只這樣吧」。

浸潤在大吾的目光之中，阿碩憶起了今天凌晨血流如注、趴臥在地的瘦削男子。男子的傷口，位在後腦杓左側，而鄭曉用右手拿筆，錶戴在左手——他看向林彥儀，在腦中倒帶，想起她剛剛走進偵訊室時，是用左手拉開椅子：「那我昨天抓到的那個人——」

「你應該有答案了吧？」。

大吾的聲音，再度喚醒阿碩的記憶，那些他當初覺得不對勁的地方，一瞬間同時湧上——

阿碩想起自己前天逮捕那名高大男子時，男子眼角沾著眼屎、身穿滿是皺褶的T恤、腳上踩著夾腳拖，又是附近的住戶——倉促行動，他是收到某個人的通知才臨時起意。

一旦認眞追索起來，回憶益發清晰可見——

阿碩緊接著又想起，當自己站在自動門前時，除了望見站在斑馬線前鄭曉的纖細身影外，還看見了那名男大學生店員站在收銀機前的倒影，看見他從制服胸前口袋裡掏出手機——

模仿犯。而且還有共犯。

看來，不只是阿碩，也有其它人對鄭曉感到「好奇」。

她原本有可能遭受到極爲不堪的對待。

城市裡夾藏在日常生活中的惡意有時候會突然變得立體——阿碩無意間的觀察改變了她的命運。

「這女人不簡單。」穆一維又說了一次。

大吾側過身，視線緩緩往門上的方形窗口移動過去，一道身影歪歪扭扭投影在灰白牆上。

鄭曉還在，她在走廊上靜靜等待，長長的眼睫毛動也不動，和牆保持一段距離的腰桿打得筆直，像是一棵直聳入天的椰子樹。

我願意

1

今晚的夜空，和先前幾次一樣，陰沉黯淡，沒有半顆星星。

十點二十三分——鄭宇浩忍不住偷偷瞄了一眼手錶。

「怎麼了嗎？」

突然在耳邊響起的聲音雖然輕柔，卻讓分神的鄭宇浩心跳頓時漏了半拍，像是被看破手腳的魔術師般捉襟見肘，一時間慌張起來。「沒、沒什麼……」從喉嚨擠出回應，他側過頭，下意識拉了拉飽滿的耳垂。

踩著內八小碎步走在鄭宇浩身旁，身穿粉色系學生制服的長髮少女，忽地停下腳步，扣在背帶上的小熊布偶用力砸向書包——鄭宇浩趕忙跟著煞住身軀，只見個頭嬌小的少女睜大那雙飽含水份的瑩亮眼睛，仰頭直勾勾注視著自己，輕啟那兩瓣塗抹護唇膏散發出淡淡水果香氣的嘴唇：「是不是……是不是造成你的困擾了……」

少女的聲音聽起來在顫抖，吐出這句話後，一臉怯弱好似犯了什麼錯被點到名起立，稍稍低斂眼神，蜷翹的眼睫毛沾上點點亮粉閃閃發亮。

「沒、沒有……」鄭宇浩咕噥著搖了搖頭。

儘管入夜後，這原本就處於商業區附近的地段，人潮要比白天減少許多，但因爲鄭宇浩穿著警察制服的緣故，本來就容易引人注意——此刻再加上身旁的女學生，特殊的組合，讓路過民眾忍不住放緩腳步，似乎想偷聽兩人對話內容，或者索性在心底替兩人編造些什麼俗套故事。

鄭宇浩伸出手，原本想安撫女學生無來由低落的情緒，又及時收回，意識到這樣的舉動不大恰當：

「最近幾天，天、天氣都很冷，還是……還是趕快回家吧——」

鄭宇浩差點沒咬到舌頭，因爲反倒是少女冷不防伸出手，毫不遲疑按住自己的手臂，像是在順理貓背般，輕輕上下摩擦著——他可以清楚感受到，少女細緻的指腹以及掌心的熱度。

鄭宇浩霎時回過神來，身子往後一縮，順勢抽開胳膊。

「寒流好像會持續一個月，你穿這麼少沒關係嗎？」似乎沒有將鄭宇浩的舉動放在心上。少女偏著頭問道。

「沒、沒關係，我每天早上都會去晨泳——」脫口而出後，鄭宇浩才懊惱自己到底說這些做什麼？難道還要告訴她，自己在不用加班的夜晚還會去做重量訓練嗎？

「差不多可以回家了！」少女的聲音輕快，話風陡然一轉的同時撇開頭，逕自往前邁開腳步。

果然是想到什麼就說什麼，思考模式轉換迅速的年輕世代啊——

儘管自己也剛從警專畢業沒多久，脫離高中生身份也不過兩、三年光景，但眼前這個情緒起伏劇烈、語氣表情多變的花樣少女，卻讓鄭宇浩一時間感覺那遙遠得猶如上輩子的事，不由得在心底感慨了一句。

2

看到那間彷彿永遠也不會打烊的水族用品店，拐過這個轉角，再走一段路就到了——鄭宇浩如此心想，發現少女跨出的步伐比之前大，腳步也更密集，略微弓起的背脊看起來有些緊張。

要不是有自己的陪伴，獨自一人走這段路回家的少女，恐怕早就忍不住拔腿狂奔起來了吧——這麼想著，鄭宇浩忽然對自己方才無意間表現出困擾、甚或不耐煩的舉動感到過意不去。

鄭宇浩一面暗自忖度著，一面加快腳步，拉近和少女之間的距離。

兩人並肩轉進街角，走沒幾步，已經可以看到那張明亮的招牌：豪香香麵包店。鄭宇浩偷偷覷了少女的側臉一眼，她瞇細眼睛，抿出微笑，拽緊手裡的書包背帶。

就在兩人來到麵包店前，腳步都還沒站定，伴隨清脆鈴鐺聲，帶著懷舊氣息的老式玻璃門忽然被推開來——鄭宇浩瞪大眼睛，一臉詫異望著正準備邁出店門口的小佳。

察覺到他的反應，少女眨巴著那雙刷了好幾層睫毛膏的大眼睛，細聲問道：「你們認識啊？」來回看了看兩人。

「學姊……」

「這樣對嗎——執勤時間跑來約會？」小佳叉著腰，用力皺起眉頭瞅著鄭宇浩說道。

「我、我……」鄭宇浩百口莫辯。

「而且對象還未成年吧？」小佳咄咄逼人，勾在手上的環保購物袋跟隨著語氣大幅度晃動。

「小佳姊，妳誤會了啦！」相較於鄭宇浩的狼狽，年僅十五、六歲的少女一派輕鬆說道，接著好奇追問：「小佳姊認識他？」

「當然，他是我學弟。」

「也、也不算學弟啦……我是警專、學姊念的是警大……」

「那你還叫我學姊——」小佳打斷鄭宇浩的話。

「我……」

「小佳姊——也是警察？」這回輪到少女打斷鄭宇浩的話，她的臉上寫滿訝異。

「我沒說過嗎？」小佳想了想，恍然大悟，無預警使勁往鄭宇浩的肩膀拍了一下，一邊頻頻點頭一邊說明道：「啊！因爲制服吧？我是隸屬於刑事單位，而宇浩他是地方派出所員警，所以執勤時需要穿制服。」

「回來啦？」這會兒，一把宏亮聲音從小佳後方傳來。出聲的是一名皮膚黝黑、身材卻相當瘦小的中年男子。對方身穿原本應該是一片潔白、但眼下已經被燻成米黃色的圍裙。

「趕快進來，別站在外面吹風……」皺起眉頭低聲叨念著，中年男子看向鄭宇浩，點了個頭，扯動嘴角，試圖從那張嚴肅剛毅的臉上擠出一絲笑容：「不好意思，又麻煩你了……」

3

小佳手上抱著購物袋，和鄭宇浩並肩而行。

「學姊我幫妳提吧？」鄭宇浩說著手探向小佳。

「不用啦，這很輕！麵包而已——」小佳用肩膀往鄭宇浩撞了一下，他的身體往旁邊一歪：「還有一小盒奶油。」

「看妳用抱的，感覺好像很重。」

「這樣抱很暖和，而且你不覺得很有安全感嗎？」小佳說著將懷裡的袋子抱得更緊了些。

兩人繼續往前走著，鄭宇浩打算送小佳回家：「反正順路。」的確和派出所同一個方向。

「那個……」琢磨好一陣，他認為不說出口，那塊卡在心底的疙瘩實在太難受：「我剛剛是在執勤……不是……不是……」

「不是在約會？」小佳斜睨吞吞吐吐的鄭宇浩一眼，幫他把話說完，但刻意加重「約會」一詞的語調。

「對……不是、不是在——約會……」鄭宇浩啞然失笑，明明是想解釋，卻忽然有一種愈解釋愈欲蓋彌彰的突梯感。

小佳眨了眨眼睛，得逞似的咧嘴一笑，往鄭宇浩的肩頭又是用力一撞：「開玩笑的啦！瞧你緊張的，我知道、我知道……就是從上個月就一直在宣導的『親民愛民』服務嘛——」

《警察人員服務守則》其中一條：警察人員應提升廉能法治觀念、建立警察優質文化，培養愛民、服務之人生觀。

也就是說，「親民愛民」是警察行為的大原則，提供的服務包羅萬象，當中最廣為人知的一項便是「護鈔」。

知道小佳是在開玩笑，鄭宇浩著實鬆了一口氣，話鋒一轉開啟新話題：「學姊也會來這裡買麵包？我聽說學姊廚藝很好……」

眞想給自己一拳——說到最後，鄭宇浩才猛然發覺自己這種說法好像有弦外之音，像在反諷對方一樣。正想解釋，小佳卻絲毫不在意叫嚷道：「誰？你聽誰說的？啊——一定是阿碩那傢伙洩我的底！」

不給他回應的機會，她自顧自接著往下說道：「我的廚藝確實是不錯——很不錯……」她笑彎眼睛：「不是我自誇喔——是真的很不錯……但麵包、烘焙這塊領域，需要的工具配備太多了，拿烤爐來說，體積大就算了，價格也很嚇人，動輒就要數十、甚至上百萬……簡單的我還可以準備，但如果想吃某些『特定』的品項，還是只能到專業的店買了……」

「『特定的品項』……」鄭宇浩放慢語速，他瞇起眼睛，拉了拉耳垂，這是他感到困惑或者不自在時的慣常動作，好像可以藉由這個舉動將紊亂的情緒從心底細篩出來，注入、鎖進裡頭讓腦袋煥然一新重新恢復平靜。

「啊、等我一下喔！」小佳往袋中翻弄，從裡頭掏出一個焦褐色的東西，遞到鄭宇浩鼻尖前。

「這是……」一股香甜的氣味飄進鼻腔，從前還在台北念書的時候，假日總被姊姊以「考察」的名義拉著到處去吃下午茶；彼時鄭宇浩常在咖啡店看到這種渾身散發出甜膩滋味的小巧點心，這會兒卻一時半刻怎麼也想不起這到底叫什麼。

「可、麗、露。」小佳一字一字清晰說道。

「這東西……很特別嗎？」

「你現在心裡一定在想，『這東西隨便一間甜點店都有』——對吧？」被說中心聲，鄭宇浩啞口無言。小佳雨刷般左右擺動打得筆直的食指，一股腦兒傾瀉說道：「不過……其實要做出好、吃、的可麗露沒有想像中那麼簡單喔！據說外國很多歷史悠久的甜點店，甚至會打造專屬於自家店鋪的銅模，有些上面還有特殊的店徽。而且各家的配方也都不大一樣……全台中、不，說不定全台灣最好吃的可麗露，就是這一間喔——」

「全台灣最好吃……」

「雖然店名還挺俗的就是了！」小佳說完兀自爽朗笑出聲，瞄見鄭宇浩神情猶疑：「不信？你吃吃看啊——」伴隨拖曳拔高的尾音，她的手順勢延展出去，將捏在指尖、外形宛如鈴鐺的可麗露湊近他的鼻頭。

鄭宇浩在有著金屬質地焦褐色外殼上的反光中，模模糊糊勾勒出自己被拉長的五官。

自從離開台北以來，鄭宇浩便不常泡下午茶店：一是沒時間，一是沒人陪——因此很長一段時間沒碰甜點了。但這會兒，在小佳的堅持（固執）下，他接過可麗露。遲疑片刻，他試探性咬了一小口——咬下的瞬間，他清楚聽見距離很近很近，根本是響在腦門中、唇齒間發出的清脆聲響。

看似堅硬的外表出乎意料單薄酥脆，內裡濕潤柔軟，帶點蘭姆酒香的氣味霎時在口腔裡擴散開來，直衝鼻腔眉心。

「好……好好吃……」這是他此時充斥腦海的唯一想法。

或許是受到對方眞實坦率情緒的牽引，小佳垂頭從袋裡掏出另一顆可麗露，等不及也跟著咬了一口——相當豪邁的一大口，幾乎一口氣吃掉半顆。微微瞇細的雙眼自然而然透出一絲懷念，像是連自己都沒有察覺到發出聲音來似的，不由得低聲嘀咕：「可麗露，就好像大吾學長一樣……」

儘管語音幽微，還是被他聽到了——

「那我是什麼呢？」鄭宇浩不禁脫口咕噥道，小佳回過神來，目光困惑看向他，正準備追問他剛才說了些什麼？他趕緊轉移話題：「這、這個可麗露……是剛剛那個麵包師傅做的嗎？」

「麵包師傅——什麼麵包師傅？拜託！人家小婷她爸可是領有法國藍帶最高等級證書的『Pâtissière』！」

「小婷……吳舒婷？」

小佳點了點頭，又咬了一口可麗露。她刻意留下最後一小塊，跟孩子一樣戀戀不捨。

「她……是單親家庭？」

「你怎麼知道？」

「因爲如果不是，學姊一定會提起她媽媽——用剛剛那種熱情的口吻。」鄭宇浩露出大男孩般的爽朗笑容。

鄭宇浩理所當然的態度，讓小佳頓時怔愣住——除了大吾，自己還是第一次被其它人看穿。儘管只有一剎那，她確實哽咽了一下，緊接著用手肘頂了頂他的胳膊，轉移話題，大聲喊道：「欸……欸——我家都快到了，你到底什麼時候才要告訴我啊？」

只見鄭宇浩一臉茫然看著她，小佳沒好氣說道：「告訴我你爲什麼會跟小婷一起回去啊？」停頓一下又調侃說道：「總不會——總不會是護鈔吧？」

「不、不是護鈔……」凡事容易當眞的鄭宇浩一連搖了幾下頭，認眞答覆：「是因爲她……她說……她說好像被人跟蹤……」

「被人跟蹤？難不成是stalker？」小佳偏著頭說道。

「跟蹤狂」在日本和歐美地方格外猖獗——甚至可以說是「行之有年」，但在台灣卻不常見。

「嗯……她打電話來派出所……說之前補習結束……回家路上……一直覺得有人跟在後頭……」

「你上禮拜也有來吧？」小佳記得，小婷的爸爸剛才對鄭宇浩說的是「又麻煩你了」。

「其實上上禮拜也有——」鄭宇浩這回搶先小佳一步回答：「但是沒有發現什麼不對勁的地方。」

「廢話，你穿這樣最好會有人敢靠近。」小佳反將一軍，隨後斜傾著頭，像是在和自己商量自顧自壓低音量呢喃道：「我看我下次去麵包店的時候……再仔細問問看小婷好了……」

「也好。」鄭宇浩下意識應和著，舌頭舔了舔牙齒內側，似乎在捕捉即將徹底消失的美妙滋味。

那時候，小佳和鄭宇浩壓根兒沒料到，下次再見到小婷的時候，已經沒有機會問她任何問題。

4

事情發生那天夜晚，剛過十點，天空出現了一顆星星，鄭宇浩站在派出所門口，張著嘴巴、仰頭看了好久好久，還被路過的禿頭副所長揶揄：「蒼蠅都要飛進去了——」

他靦腆一笑，正想著今晚會是一個美好的夜晚，就接到民眾報案電話，說是在公園的女廁裡，發現一具屍體。

鄭宇浩立刻和另一名値班員警，驅車趕往秋紅谷公園察看並且封鎖現場。

當鄭宇浩持著手電筒放輕腳步踏進女廁，看見那具躺在骯髒瓷磚地板上、微收雙眼垂視著自己的屍體時，感覺今晚掛在夜空中的那唯一一顆星星，頓時無聲熄滅。

鄭宇浩知道自己絕不可能認錯人——因爲死者不是別人，正是前天才剛見過面、說過話，甚至感受過掌心溫度的吳舒婷。

5

「死因是勒斃嗎……」小佳細聲說道，不自覺往守在廁所門口的鄭宇浩瞥了一眼。

「妳認識死者？」大吾倏然問道。

不曉得是自己哪個表情、眼神抑或無意間的動作透露訊息，讓大吾學長得以推導至這個結論、猜出兩人的關係？

小佳原以爲已經習慣大吾憑藉一點線索，便突如其來切入核心的方式，沒想到偶爾還是會遇到措手不及的情況。

但畢竟不是菜鳥，她很快重整好思緒，仰頭對著一隻手插在口袋裡，一隻手輕輕點著嘴唇的大吾答道：「嗯，認識——是豪香香老闆的女兒，在龍門路那邊……靠近市政路。死者……死者叫作吳舒婷，十七歲，目前就讀C高中二年級。」

「豪香……香？」大吾低聲咕噥著。

「一家麵包店，我常去。」可能是說明時不經意勾起了回憶，小佳嘴角擠出苦笑。

蹲在死者身旁、正在對屍體進行初步勘驗的穆一維抬頭望向兩人：「雖然還要經過進一步的解剖才能確定，不過我想，死因應該是勒斃沒錯。眼睛出現溢血點……」他往死者臉部指了指，停頓一下才接著說道：「另外……頭部也有受到重創。」

見大吾不打算應聲，小佳順著穆一維的話往下推論：「先敲昏對方……然後再勒斃，很常見的手法。」試圖在腦海中還原兇手當時的行兇過程。

「不過，有個地方不大對勁——」穆一維說著，冷不防將身子大幅度俯低湊向吳舒婷，手勢輕柔撥開她挑染淡紅色的瀏海，額頭上一大塊青紫色傷痕曝露在外：「這種情況，大多數會選擇襲擊被害者的後腦杓，可是目前看起來，不只是後腦杓，連前額都有遭到撞擊的痕跡。」

「感覺兇手很忙耶——除了敲昏、勒斃，還忙著姦屍。」在廁所後方進行蒐證的阿碩，忽然間從窗戶探出頭來說道。

大吾抬眼瞄了一下阿碩，繃住嘴角，最後一句話也沒說，不動聲色目光移回死者身上。也難怪阿碩會這麼說——死者鐵灰色百褶裙裙襬花朵綻放似的翻掀開來，有著細緻花紋的透薄內褲，則被脫至微微向內凹折的膝蓋，下體若隱若現予人更多遐想。

「少胡說八道——」小佳無預警發難，氣沖沖瞪著阿碩吼道：「這裡還輪不到你插嘴討論案情！」

阿碩頓時愍住，平常這番話都是由穆一維來數落自己的——而現在，非但這句話不是出自穆一維之口，更不是數落。

小佳眞的生氣了。

「死者的隨身物品……」像是沒意識到突然凍結的氣氛，大吾嘀咕著張望四周。

「在、在後方草叢找到包包——」像是爲了將功折罪，阿碩立刻朝大吾出聲回應：「沒、沒有找到錢包——」

阿碩並沒有對死者不敬的意思，只是純粹從現場遺留的痕跡進行推測——按照過往經驗，這樣的發言不會引起「爭議」；或者應該說，至少不會造成「現場專業人員」的爭執。因爲很多時候，比想像中更多的時候，破案需要的，是「直覺」，也就是「第一感」。比起經過修飾的「善意」發言，想到什麼就說什麼的粗糙、甚至是粗魯到無禮不合乎社會觀感的看法，才是更可貴的參考。

再者，阿碩此時心直口快的這句話，若是對照最終揭櫫的眞相，也可以說是不謀而合。

「強盜殺人嗎？」小佳嘀咕道。

「也有可能是強姦不成，所以殺了對方——」大吾說出另一個可能：「目前還不能排除故佈疑陣的可能。」

「如果死者陰道檢查出精液，會立刻通知你。」穆一維立刻接續說道。

「我想機會不大……」大吾低聲呢喃道，穆一維意味深長看著他，覺得他已經察覺到了什麼，忍不住心想果然是「大吾式」的辦案風格——光是一個犯案現場，就足夠讓他看穿一切。

6

「早知道……早知道我就陪著她……小婷她一直說、一直說好像有人跟蹤她……我應該要陪著她的……我應該要陪著她的……現在……現在守著這間店……根本——根本一點意義都沒有……」吳父聲音發顫堵咽，斷斷續續從後頭傳來。他站在女兒臥房門口，深怕一踏進房間，情緒就會徹底崩潰，像被碰倒的骨牌般一發不可收拾。

「小婷她……今天也是去補習嗎？」小佳檢查書櫃，同時記掛著吳父，不時往外探了探：「爲什麼這次沒有請員警陪同？」

「今天補習班臨時調課——」吳父答道，而後突然陷入回憶般，眼角放鬆目光變得柔和：「我不知道……我不知道爲什麼……可能是怕麻煩別人……總不能一直麻煩別人吧？那孩子一定是這樣想的……小婷她一向不喜歡給人添麻煩……從以前就是這樣……我生意一忙起來，就容易忽略她，但她總是安安靜靜的……不吵、不鬧……一個人乖乖待著……爲什麼……到底爲什麼……怎麼會有人對那孩子做出這種事？」

小佳沒有告訴吳父，經過調查，今天補習班並沒有調課。

現在不是打斷家屬哀悼的時機。

「你知道她的手機放在哪裡？」大吾拉開窗簾，街燈從原本的水銀燈換成ＬＥＤ，亮度大增，卻也讓四周籠罩在一片面無表情的慘白之中。像是不想被城市打擾，他將窗簾重新拉闔，來到書桌前。

書桌上散落著五顏六色的色鉛筆，圍繞著中間攤開來的著色書。去年小佳也失心瘋一口氣買了好幾本，但和這少女一樣——大吾翻了翻，塗完的根本沒有幾張，有些甚至還直接用原子筆在圖案上頭寫字。

「小婷她手機不離身的——」吳父一臉狐疑：「你們沒……沒有找到？」

吳父支吾著。對一般人來說，當「對象」和自己密切相關時，「現場」這個詞彙很難若無其事說出。

「沒有嗎？」小佳低聲詢問大吾。

「房間也找不到。大概被兇手拿走了。」大吾說道，依序拉開各個抽屜，從右手邊第二層抽屜裡頭抽出兩本冊子：「這個是……」身子側向吳父。

「薄的那本是小婷的日記，另一本厚的……是她的記帳本，大概是從以前就在店裡幫忙，小婷她……

從小就有記帳的習慣。」

大吾收回視線，垂眼看向抽屜，停頓半晌，似乎發現什麼，猛地蹲了下來。

他在其它本子底下，找到一個表面坑坑疤疤、爬滿星雲狀鏽斑的餅乾盒。小佳察覺到大吾的想法，連忙將手裡的書塞回櫃子，大跨一步靠貼過去。

大吾摳住盒蓋，不曉得是過於小心翼翼，還是戴著橡膠手套不容易施力的緣故，過了好一會兒，他才喀一聲扳開盒蓋。

一看到擺在裡頭的東西，小佳不由得倒抽一口氣：「這是——」

出現眼前的東西顯然也在大吾意料之外，他再度側過身子，瞥了宛如一株枯樹佇立在房門口的吳父一眼，接著看回小佳。

倒映在大吾清澈眼睛裡的小佳，意會到什麼輕輕點了點頭，下意識用力抿住嘴唇。

7

從女廁出來的小佳差點在走廊上和阿碩撞在一塊兒。

阿碩及時按住小佳失去平衡、往旁踉蹌半步的身子：「我……我不是故意的……」他鬆開她的肩膀嘀咕道。

剛洗了把臉，小佳臉上還掛著串串水珠。

「我……我不是故意的……」阿碩眨了眨眼睛，視線一次比一次更低。同樣的話語，顯然有弦外之音——小佳反應過來他在爲哪件事道歉。

「我知道你沒有惡意。是我反應過頭了。」

「不……我在現場說那種話，的確對被害人太不尊重了……難怪一維學長總是打我頭，說我太輕佻了、說話不經大腦。」

小佳淡淡一笑，若有似無聳了一下肩膀。那種程度還算不上什麼，以前待在台北刑事總局時，還遇過更多更氣人的——我們幫死者伸張正義，並不表示我們就比對方更高一等。揪出兇手、找出眞相是義務，而不是權利。那些人根本沒搞清楚狀況！

當時的小佳不只一次在心中如此聲嘶力竭吶喊——她並不擔心被視爲初生之犢、警界之花或者刑事局小綿羊的自己，有一天會忍不住在案發現場和那些所謂的「學長」大打出手。因爲她眞正擔心的是，倘若不時時在心中放大那個聲音提醒自己，恐怕自己有朝一日也會變成和他們同樣的執法人員。

「或許吧……的確是不大尊重，但是……我認爲你不用刻意去改變。」

阿碩不懂小佳的意思，像跟丟媽媽的孩子般眼神迷茫。

「我們有一樣的目標，不是嗎？」小佳微笑說道，彎起的眼角感覺痠痠澀澀的：「我們都希望找到殺害死者的兇手。對被害者和家屬來說，這才是眞正有幫助的事。那種所謂的『敬意』，某種程度上太虛無飄渺了，我們刑警要做的，應該要是最最實際的事。」

小佳不確定自己的這種想法，算是「改變」，抑或是「成長」；然而，無論何者，她希望自己能夠永遠在這種種抉擇之間徘徊、擺盪、掙扎、猶豫不決——如此一來，即使成爲了另一種刑警，也不會變成唯一種刑警。

能夠把所有新出現的「改變」當作工具靈活運用裝備，而不是成為「改變的本身」——這就是小佳的理想形式。

「幹嘛這樣看我？」小佳用手肘撞了一下阿碩的胳膊。

「沒有啊……就覺得……覺得妳……很了不起。」

「並沒有。」小佳明快否認道：「我一點都不了不起。我很自私。」

「自……私？」

阿碩不懂。

「我啊……是為了一個朋友才決定當警察的——」小佳眨巴眼，阿碩目不轉睛注視著忽然提起自己過往的她，她摳了一下眼角，吞口唾沫才接續說道：「我們是國中認識的，她是我最要好的朋友——就算她離開雲林來台中念高中，我們還是一直都有保持聯絡……聊心事、為彼此加油打氣，偶爾還會約在火車站附近一起逛街。不過……就在我們高三畢業那年，她被殺了——姦殺。到現在都還沒偵破。」

「懸案……」阿碩不禁脫口而出。

又趕緊堵住嘴巴。一時間，他以為又要惹小佳生氣了——不，比起生氣，此刻的他更害怕讓被勾起回憶的小佳感到難過。

或者內疚——儘管那根本不是當時還未成年的她能夠阻止的。

「是啊，她是全台灣數千件懸案中的其中一件。」小佳低斂目光，抿出寂寥的微笑，微偏著頭：「我知道這樣說好像不大妥當……但我知道她一定不會介意的——我很謝謝她，把我一路帶到這裡。」說到最後，她重新抬起頭，迎上阿碩的視線。

「我不懂……」阿碩也學她偏著頭：「這麼做，哪裡自私？」

大概是不好意思，小佳先是怔愣住，而後撇開頭把臉上水珠匆匆抹掉，搞笑似的揮舞雙手胡亂往阿碩身上甩去，埋著頭邁開腳步快步往走廊底端走去。

8

小佳和大吾徹夜未眠，翻讀研究從吳舒婷房裡帶回來的幾本日記——連記帳本也沒有放過，從中鎖定了三個人：分別是大她一屆的棒球校隊學長林純鋒、她的社團同性友人洪媛秀，以及她的級任導師廖學朗。

看了名單，小佳不禁提出疑問，她指著廖學朗的名字問道：「學長，爲什麼這個人也有嫌疑？」小佳當然也看了吳舒婷的記帳本，看不出她和廖學朗有金錢方面的糾紛；至於日記裡提到廖學朗的部份更是稀鬆平常——偶爾放學後或者假日時，會跟著幾個同學和他一起去看電影吃下午茶。

大吾將日記和記帳本蓋上疊起，一如往常，沒有回答小佳的問題。早已經習慣的她，也不再追問。與其說對大吾的想法摸不著頭緒，小佳的心情或許更適合用「興奮」來形容——儘管眼下還不明朗，但他肯定找到了什麼別人無法輕易看出的特殊切入點。

知道大吾準備一次傳喚三名嫌疑人，負責這次案件的周書彥檢察官，啜了一口熱伯爵茶，推了推眼鏡問道：「三位嫌疑人，你都排在同一個時段？需要叫韓平來支援偵訊？」

「不用，我打算三個『同時』偵訊。」

「我明白了，既然你這麼有把握的話——」周書彥說著躺入椅背——如果不是見識過好幾次大吾的辦案方式，他大概會想這傢伙也未免太亂來了。

大吾走出檢察官辦公室，反手關上門，和靠在走廊潔白牆壁上的小佳對上視線。

「沒被周檢刁難吧？」

大吾搖了搖頭，表情波瀾不驚，沒有成功過關的僥倖，也沒有想當然耳的驕傲神態。

臉上寫滿疲憊的小佳擠出苦笑嘀咕道：「要是那公園的監視器早點修好就好了……明明……明明已經報修那麼久了……」

「妳是不是認為——要不是這座城市，存在著這些死角，就不會發生這些事情？」大吾定定注視著小佳。

小佳不服氣說道：「難道不是嗎？沒有人應該受到這種對待……尤其對方還是個手無寸鐵的少女——她的人生才正要開始。」

「讓人犯罪的，不是城市的死角……」大吾閉上眼睛，深深吸了一口氣，睜開眼睛說道：「是人性的死角。」

小佳沒有說出口，但她心裡想的是——那麼現在換我把兇手逼進死角。

9

場景肅殺，林純鋒、洪媛秀和廖學朗三人並肩，坐在大吾和小佳對面，看起來各個臉色慘白發青，像是被抓進閻羅殿接受審判的鬼魂。

至於一旁穿著黑色套裝正襟危坐、負責記錄此次偵訊內容的，是還沒滿三十歲的劉琪欣。她是中打裡少見以司法官為終極目標的偵查員。

正當小佳還在暗自忖度大吾這次會用什麼方式偵訊，大吾忽然間開門見山說道：「是三個人待在同一間偵訊室裡……還是——三個人窩在同一間廁所裡比較擁擠？」

這已經不是尖不尖銳的問題——根本是直接往對方心口捅上一刀。

突然揭開真相的問話，讓小佳和劉琪欣同時怔愣，反射性互望彼此一眼。劉琪欣像是彈錯琴鍵般，手指僵在半空中，遲遲無法往筆電鍵盤敲打下去。

大吾不為所動繼續說道：「我知道——是你們三個，聯手殺了吳舒婷。」

「我、我沒有……我們、我們不是故意的——」洪媛秀驚慌失措說道，身體顫抖到鐵椅椅腳頻頻敲擊地板。

待在另一側房間觀察的周書彥忍不住冷笑出來，心想居然這麼簡單就被突破心防，看來已經沒好戲看了——

和戲劇不同——這才是實際情況。

縱然殺人時需要異於常人的極大動能與濃烈殺意，但一旦殺了人，情緒宣洩完畢以後，所謂的「殺人兇手」，大多和一般人沒有兩樣：欺善怕惡。

體格雄壯的林純鋒吼道：「我們只是想給那傢伙一點顏色瞧瞧——」情緒激動幾乎要站起身來。

劉琪欣嚇了一跳，站在林純鋒身後的制服員警眼明手快，一個箭步往前，示意他坐下。

林純鋒撇了撇嘴，悻悻然把龐大身軀塞回原位：「你不知道那傢伙是多麼可怕的人！」

「我知道。」大吾緩緩掃視三人：「她勒索了你們對吧？」

沒料到大吾已經調查到這個地步——或者應該說，他們壓根兒沒料到吳舒婷會在日記和記帳本如實記錄與他們的「交易」。三人互覷一眼，低垂目光陷入了深井般的沉默。

「我來說吧。」或許是意識到自己身爲老師，坐在兩名學生之間的廖學朗打破僵局：「我們三個，確實被吳舒婷同學威脅。林純鋒高一時，代表學校參加高中棒球聯賽，打了假球，他把這件事告訴當時的女朋友——也就是吳舒婷；至於我和洪媛秀同學……我們兩個……在交往……她拍下我們在學校活動中心儲藏室裡的……『某些』畫面。」

廖學朗的供述和日記內容相符。

所以現場才會找不到手機啊——小佳恍然大悟。

但廖學朗不知道的是，日記裡的這段紀錄，只出現了女方，也就是洪媛秀的名字。至於和她發生關係的人，身份是學生還是老師，吳舒婷甚至隻字未提、絲毫訊息都沒透露。

這也是小佳大爲不解的原因：明明死者什麼都沒有說，爲什麼大吾卻什麼都知道了？

「我們、我們也是不得已的——」洪媛秀歇斯底里囁嚅道，鞋頭踢到鐵桌發出冰冷巨響：「都是、都是那個bitch不好……」

「只是因爲被勒索……就可以殺人？」小佳直勾勾盯著洪媛秀，聲音顫抖，大吾知道她在極力壓抑情緒。

被小佳的眼神震懾，洪媛秀咕噥著：「我……我、我們只是想嚇嚇、想嚇嚇她而已——怎麼知道、知道會……」

「她最近突然提高金額，還說自己現在在跟警察交往……要是我們不答應她的要求，她隨時可以跟他說——所以……所以我們就……」林純鋒索性和盤托出。

「所以你們就跟蹤她？」大吾重新掌控節奏。

林純鋒和洪媛秀交換餘光，同時點了點頭——點連成了線，看來兩人就是在跟蹤過程中發現彼此同是「天涯淪落人」，於是進一步打定主意，聯手對付吳舒婷。

被利用了啊——一想到鄭宇浩那張滿是歉疚的臉孔，小佳的胸口不由得狠狠抽搐了一下。但她旋即提醒自己現在還在偵訊當中，必須排除其它不必要的思緒。

集中精神。

「我們眞的……眞的只是打算嚇嚇她、給她一點警告而已——」洪媛秀再三強調，她雙手按住桌面，睜大眼睛湊近大吾，支支吾吾說道：「是意外，眞的只是意外……我們會……會被判刑嗎？我、我會被判刑嗎？我……我眞的、眞的不是故意的……我還未滿十八歲——」

「判刑是一定的，另外，十四歲以下，才可以完全不用負刑事責任。」大吾回答，聲音非常平靜。

小佳看向三人身後的員警：「準備把人帶到地檢署。」

三人上銬後，被帶往偵訊室門口。

眼看偵訊結束，隔壁房間的周書彥也準備離開，而偵訊室內的小佳和負責製作筆錄的劉琪欣也站起身來，但只見大吾卻依舊直挺挺坐在椅子上，不動如山。

「這樣就要走了啊——」大吾出聲說道，讓所有人瞬間停下動作：「你打算不說出實話，就這樣離開這間偵訊室嗎？」

「實話？我們統統都說了啊……」洪媛秀扭過頭，一臉茫然，似乎還沒從被銬上手銬的打擊中回過神來。

林純鋒繃緊腮幫子，兇神惡煞瞪著大吾，發出低吼聲，一副豁出去的樣子。

大吾離開座位，起身時從下方開放式抽屜裡抽出一樣東西，泰然自若，緩緩走向三人。

「這是在吳舒婷的房間裡找到的——」站定腳步，大吾扳開餅乾盒，被吳舒婷小心翼翼收在裡頭的，是一根呈現兩條線的驗孕棒：「除了洪媛秀，你也同時在跟吳舒婷交往。」

大吾凝望著廖學朗說道。

洪媛秀眼睛都要瞪出來了，不敢置信瞅著廖學朗。

一旁的小佳也同樣訝異，她以爲讓吳舒婷懷孕的人，是一年前和她交往過的林純鋒！因爲、因爲吳舒婷的驗屍報告明明顯示——

「我想這就是一切的起因，因爲吳舒婷告訴你，自己懷孕了，所以你才會急著殺了她。」

「那女人……那女人、那白痴沒事幹嘛留著那個——」鐵錚錚的證據就在眼前，知道再也瞞不下去，原本一派溫文儒雅的廖學朗，像是變成另一個人似的失聲咆哮道。

大吾垂眼看了驗孕棒一眼，又看向廖學朗：「她怕你懷疑，所以才會事先準備好。」

懷疑——

事先準備好——

不只是小佳，廖學朗也聽出大吾話中有話，他朝大吾伸出手，但被員警強行按下：「你……難道……你的意思是……怎、怎麼可能——」

「根據屍體解剖的結果，吳舒婷並沒有懷孕。我推測，這根驗孕棒，應該是她用從林純鋒和洪媛秀那裡勒索來的錢，從網路上買來的。她費盡心思，就是爲了跟你在一起——永遠在一起。」大吾停頓，深呼吸一口氣，說出這個案件最後的答案：「這起案件，不是過失致死，你們兩個，被他利用了——這個男人打從一開始，就決定殺了吳舒婷。」

10

小佳和大吾並肩走在人行道上。

不曉得如果鄭宇浩知道自己被吳舒婷利用的話會怎麼想？

他沒有做錯任何事，只是盡自己的職責而已。

「學長到底是怎麼發現廖學朗的存在啊？」甩開餘味不佳的思緒，小佳掀開牛皮紙袋，掏出一顆可麗露，咬了一口。

今天是兩人都不必值班的周末，天氣晴朗，連樹葉都遮擋不住陽光。

「因爲記帳本。」

「記帳本沒有他啊？」

「吳舒婷常常在日記裡提到他，提到兩人出去吃下午茶。」

「兩人？不對吧！日記我也有看，看了好多次——」小佳立刻提出質疑，指尖的可麗露被她掐出指印：「我記得她寫的不是『和廖老師』去吃下午茶，而是寫『和廖老師還有班上幾個同學』——」

「妳覺得家長會用什麼方式關心孩子？」大吾突然打斷小佳的話。

偷看日記——這是最經典的。知道會被爸爸發現，所以才要說謊掩飾自己和廖學朗之間的關係啊。小佳猛點著頭，這才從大吾的表情，意會到他也是一個孩子的爸爸。

單親爸爸。和製作這顆可麗露的男子一樣。小佳暗忖，就算這是全台灣最好吃的可麗露，自己大概也不會再去買了。

這次的光顧，是告知家屬事件的眞相。是最後的告別。

不過……連在日記裡都無法袒露眞心——

「最耐人尋味的地方就是……進一步比對日記和記帳本的日期，卻找不到任何有關下午茶的支出。這也表示了，那些費用——都是廖學朗支付的。」不等小佳反駁，大吾接續說明：「如果眞的有『其它同學』存在，不可能『每次』都是由老師買單吧？不僅如此——另一個能用來支撐這個推論的證據在於，在日記當中，除了放學後的吃喝玩樂以外，看不到她和那幾個所謂的『同學』，在『校園內』有任何互動。」

大吾的言下之意是，那些「同學」，都是吳舒婷自己虛構出來的。

虛構的日記，虛構的朋友——她該有多寂寞啊。

因爲寂寞才做出這些事嗎？

因爲寂寞……

小佳仍然無法苟同。

「我還有一個疑惑……」小佳斜睨著大吾問道：「學長是不是早在看到日記和記帳本之前——更準確來說，是在看到案發現場的時候，就已經知道現場有三個人？」

果然被她發現了啊——大吾心想，嘴角抿出淡淡的笑容。

「首先，可以從案發現場，推測出那三個人之中，至少有一個爲女性。」大吾有條不紊說道：「因爲赴約的地點是女廁……女生或許可以進男廁，但男生絕大多數不會踏進女廁。再來，則是死者遺體傳達的『訊息』——頭部的傷口亂無章法，可以看出施暴者情緒激動，並且以洩憤爲主要目的；脫下內褲卻又沒有留下任何體液，上衣也都保持整齊，可以初步排除洩慾的動機。」

沒錯，大多數的強姦犯，都會搓揉女性身體讓自己興奮起來——

「至於脖子上的那道勒痕，很深，很整齊，沒有絲毫猶豫。」

大吾從遺留在死者身上的痕跡，看出三種不同的情緒，所以看了日記和筆記本後，才會立刻鎖定三個嫌疑人——

獎勵似的，小佳從紙袋裡，掏出另一個可麗露，遞給大吾。

大吾接過，先是閉上眼睛聞了聞，張嘴一口氣便吃掉半顆。

「我可以……可以再多問一個問題嗎？」

似乎早就預測到小佳的思路一般，香味瀰漫口鼻，雙頰略微鼓脹著的大吾明確點了個頭。

指尖鳥嘴般叼著那顆散發出淡淡酒香的可麗露，小佳嘀咕道：「如果……如果吳舒婷她……一直都知道爸爸會偷看自己的日記，那麼爲什麼……爲什麼還會把那根驗孕棒藏在那麼明顯的地方？就算是假的……難道她不怕被發現、然後誤會——」

話還沒說完，在大吾的眼神中，小佳已經推導出答案。

她希望如果自己眞的被心愛的人殺害，爸爸可以幫自己報仇。

到死了，她還是在利用男人。

燃燒的話語

1

這個女人該死。
她必須死。
去死、去死、去死、去死、去死、去死、去死──

2

凌晨時分，天空還未徹底亮起，呈現一片瘀青般的紫黑色調。

馬路邊，幾位民眾被停在公園外頭無聲閃著紅光的警車和神色肅穆匆匆來去的警務人員吸引住目光，紛紛駐足、交頭接耳談論起來。

公園入口，拉起了封鎖線，ㄈ字形白鐵欄杆後方，寬版黃色塑膠條橫亙在半空中，宛如一把發亮的跨海大橋往暗處延伸而去，隱沒在另一側草叢深處。

公園廁所後方空地，閃光燈此起彼落，四周鑑識人員正忙著記錄蒐證。一名身穿黑色絲質洋裝的女子仰躺，裙襬翻掀露出一大截大腿，每亮起一次光，白皙甚或可以說是蒼白的肌膚便隱隱約約透出青色血管。

「又是公園……」想起不久前的案件，尾隨在大吾身後的小佳不自覺揪住眉頭。

再這樣下去，不久後上頭大概會發來什麼「公園安寧宣導專案」之類的公文——頭痛醫頭、腳痛醫腳，這就是公家機關。

「這是什麼味道？」撥開灌木叢，小佳搓了搓鼻頭咕噥道。

「看不就知道了？」說話直接了當的是穆一維，他朝女子倒地方向努了努近來才蓄起一小撮鬍子的下顎。鬍子顏色比起他的銀白頭髮，是更深的灰色。

小佳看過去，大吾已經蹲在女子身旁壓低身子就近觀察，幾乎把女子身體的上半部都給遮擋住。

「阿碩呢？」

「在廁所。」穆一維緊接著又說道：「他要是知道妳這麼關心自己，一定樂翻了。」

「上廁所？」小佳沒有理會穆一維的調侃，隨口調侃回去。

「在現場上廁所？他是菜，但還沒那麼兩光！當然是蒐證——」穆一維說著用大拇指往身後比了比：「這廁所早就廢棄了，大概是經費不夠，一直沒拆。」

好了，準備上工——小佳在心底對自己這麼說道，同時偷偷往自己腰間使勁捏了一下。打從越過封鎖線的那瞬間開始，她便掐下心中的碼表，在一步一步靠近現場的過程中，將心態調整到辦案模式。接觸到核心的同時，就要進入狀態才行——這是小佳對身爲警務人員的自己最基本的要求。

「學長。」小佳喊了大吾一聲，在他對面蹲下來。儘管大吾沒有回應也沒有抬眼看她，但她知道他確實接收到自己發出的訊息——這是兩人的小小默契之一。至少小佳是這樣認爲的。

這是——

小佳垂眼看向死者，終於明白瀰漫在空氣中的那股味道從何而來，手背突地一冷——死者的死狀相當異常。

女子的臉孔被燒得面目全非，宛如被狠狠踩扁的鋁罐，仰望夜空的表情凝結，兩邊眼窩樹洞似的深深凹陷下去、嘴唇焦黑扭曲像兩尾怪蟲向外蜷翻，彷彿有什麼話還來不及說完，生命就被人硬生生攔截中斷。

在電影或者劇集裡頭，這種死法並不稀奇，甚至對某些人的口味來說根本不具衝擊性；然而在現實世界中，古怪詭譎的案子其實屈指可數——但不可否認的是，近年來在台灣，這類變態、抑或所謂精神異常的案件有明顯的上升趨勢。

並非僅僅侷限於殺人手法、也包括毀屍滅跡等後續處理。不說別的，光是這一年以來，大吾和小佳這對搭檔就聯手偵破了四、五起「獵奇」的命案。

爲了因應犯罪型態的變化和手段的多樣性，據說刑事局近來打算籌組新的單位研究對策。噢，難得也有積極的作爲，而不是只會消極的道歉啊——耳聞這個消息時，小佳忍不住暗自吐槽。

「連這裡也燒了……」宛如配備多核心處理器，想著其它事的同時，小佳也沒有遺漏絲毫細節。目光銳利的她冷不防將上半身俯低，幾乎整個人都要貼在地上——和那張燃燒的臉孔一樣，女子雙手十根手指頭也被燒得焦糊迸綻，內裡的暗紅色血肉從皸裂處透顯出來，看仔細的同時，氣味變得益發強烈。

「小佳！」

聽到聲音，小佳挺直半上身，扭頭看向手上抱著相機、朝自己小跑步過來的阿碩：「蒐證結束了？」

「差不多。」

「還沒就還沒，結束就結束，什麼叫作『差不多』？你以爲鑑識是什麼啊——」從阿碩身後冒出的穆一維喊道，冷不防抓住他轉至後方的平沿帽帽沿，接著用力一拉。

被往後扯動的阿碩頓時失去重心：「啊——」的一聲踉蹌倒退了兩、三步。

3

不用擔心、不用擔心……對……沒什麼好擔心的……

一定、一定不會被他們發現的——

對、一定不會。

一定。

4

「一定……一定要這樣嗎？」從蒸騰水霧之中探出頭來，阿碩面有難色咕噥道。

「都訂好了，這家店很熱門耶，不來多浪費！」小佳一面說道，一面喀嚓喀嚓敲響手上前端滿佈細齒的長柄不鏽鋼夾。

「我們早上才剛——」

「囉嗦！叫你吃就吃，婆婆媽媽的煩死了。」不讓阿碩吐完苦水，穆一維夾起一塊骰子牛肉擱在他面前的小碟子上。

切成立方體、烤至七分熟的骰子牛肉散發熱氣，從表面肌理滲出粉紅色血水，和融化的油花交織在一起照理說是相當美味、令人垂涎的畫面——如果不是剛到過那個現場的話。

相較於踟躕不定的阿碩，穆一維夾起一條牛肋條爽快塞進嘴裡。

「學長——等一下啦，那才剛放下去沒多久！」小佳不由得大聲嚷嚷，但在這間目前全台中最熱門的燒烤店裡，她的聲音迅速被掩蓋過去。

人聲轟轟，穆一維的嘴型也更加誇張：「可以了啦，妳沒看到火多旺。」接著大口咀嚼了起來。

「啊！我記得拍照打卡好像有送酒香蛤蜊——」小佳從包包裡掏出手機，湊近烤網。

「也太靠近，調一下焦距不就好了？小心鏡頭爆掉。」

「不會啦！也太誇張。」手機貼得更近了。

「誇張？」穆一維冷笑一聲：「之前不就有新聞報導說有人中秋節烤肉，結果瞳孔放大片融化黏住眼睛，差點就瞎了——不過後來雖然沒瞎，但視力嚴重受損。」

「打好了！」小佳自顧自說道。

穆一維倒也不在意，這兩人經常這樣：一個說自己想說的，一個聽自己想聽的。

見身旁的大吾脖子略向前探、微側過臉將撒上些許玫瑰鹽的霜降牛肉放進口中，小佳連忙將手機往桌邊一放，抓起夾子，往他盤中夾了一隻藍鑽蝦和一個北海道扇貝。

「謝謝。」停頓一下，將肉吞嚥下去後，大吾低聲說道。

只有這時候能見到大吾反應慢半拍的一面——

「筊白筍呢？」穆一維探頭探腦，掃視了桌面一圈，菜色琳瑯滿目，但偏偏沒有筊白筍。

「剛有點筊白筍嗎？」小佳偏頭嘀咕道，突然睜大眼睛，用手上的夾子猛往半空中戳，跟著喊道：「啊、啊——我好像沒劃到。」

「服務鈴我按了！」趕在穆一維大發牢騷前，阿碩抓準時機跳入救援。

小佳夾了奶油玉米給他，阿碩露出小狗般的憨厚表情，瞇細眼，心滿意足啃起來。

「眞會賣乖。」穆一維用手肘頂了一下阿碩的側腹。

「學長喜歡吃筊白筍啊？」小佳轉移話題。

「其實還好，爲了營養均衡囉。筊白筍的纖維很豐富。」

「學長很注重保養。」儘管滿嘴玉米粒，阿碩還是忍不住說道，像是個想邀功、想被人稱讚的孩子。

「不好意思喔，年紀大了，不保養不行。」穆一維斜睨阿碩，刻意用酸溜溜的語氣說道。

阿碩一緊張起來，差點把插在筷子上的玉米弄掉：「學、學長、我、我不是那個意——」

「爲什麼要燒掉臉和手指？」大吾的音量雖然不大，但一如既往，他那略微沙啞、帶著點泛音特質的聲音宛如從石縫間流過的水脈，輕盈穿過嘈雜的人群交響，準確傳進眾人耳裡。大吾突如其來的發言，讓阿碩——不，也包括小佳和穆一維，一時間全忘記剛才到底在談論些什麼。

總算要開始了嗎——小佳心想，打直腰桿，心跳不自覺加快。

四周突地安靜下來。

「應該是想隱瞞死者的身份吧？」阿碩率先答道。

大吾朝小佳瞥一眼，她一連點了點頭：「我也是這麼想……畢竟連死者的指紋都毀掉了。」腦海中旋即浮現宛如點亮生日蠟燭般，將女人纖細手指一根一根點燃的畫面。

穆一維也和以往相同，似乎不打算加入他們「幫助消化」的推理活動，往椅背悠然一躺，手指輕輕交扣擱在兩腿之間，姿勢慵懶放鬆，彷彿在欣賞一場三重奏。

「不過，這次最棘手的，應該是動機吧？」小佳撐著臉頰說道。

在線索並不充分、案情還不明朗的情況下，「動機」是鎖定嫌疑人的最佳方法。

「加點一份筊白筍。」服務生才剛來到桌邊，筆都還沒從胸前口袋抽出，穆一維便搶快說道，食指扳得筆直。

「好的，筊白筍一份，請稍等。」服務生劃記後離開。

服務生一離開，阿碩便曲起膝蓋、腿收向自己，身子向前傾抵住餐桌：「棘手?不是強盜殺人嗎?」

阿碩這麼說自然有他的理由——經過搜查，在距離陳屍地點將近四百公尺架設於人行道旁的公共垃圾筒裡，找到了疑似死者持有的包包。包包的肩背帶被利器割斷，裡頭的東西全被掏翻出來。找不到錢包，也找不到任何得以辨識死者身份的證件或者名片、會員卡等卡片——之所以能判斷是死者的物品，在於包包外頭沾染了一大片血跡。

四百公尺——幸好當初劃定封鎖線範圍時劃得夠大。不只是公園本身，連周遭生活環境也一併考量在內。「劃定封鎖線範圍」一事看似簡單，實際上也是一門學問：劃得太淺可能遺漏重要證據；劃得太廣又沒有效率、浪費人力資源，甚至可能錯過偵查的黃金時間。

按照「現場保全」相關規定，案件現場需要設置三道封鎖線，然而實務上大多只設置一道——除非是重大案件，為了隔絕媒體和避免民眾誤闖的情況。

「如果是強盜殺人，兇手爲什麼要多此一舉燒掉死者的臉和手指？雖然地點很偏僻，但過程中散發出來的味道還是很有可能被聞到，風險太大了——從這點來看，燒掉死者的臉和手指，對兇手而言一定存在更強勁的誘因……才會選擇這麼激烈的手段，不讓警方輕易查到死者的身份。」小佳的論述有條不紊。

「所以妳認爲是仇殺？」穆一維忽地出聲問道，抬眼定定看著坐在斜對面的小佳。不知怎地，小佳總覺得他是替大吾發問的，畢竟兩人共事將近十年——又是警大同窗。

「從死者的致命傷推測，很有可能。」

「是『目前』判斷的致命傷。」穆一維糾正道：「鑑識報告要等到吃完這頓飯才會出爐。」

「鑑識不是已經——」

「說過多少次——」穆一維瞪向阿碩：「不要老是把還沒完成的東西掛在嘴邊，一名稱職的鑑識人員，重要的不單單是鑑識技術——那是最基本的能力。鑑識人員需要進一步思考的，是如何將在鑑識過程中獲得的種種資訊透過紙本、也就是『鑑識報告』，確實傳達給第一線的偵查員。」

穆一維的說法不盡然正確，但無形中表達了他的看法。事實上，在正規編制裡頭，鑑識員也是偵查員，是刑事體系的一員，也就是俗稱的「刑警」。

然而在鑑識員當中，分成兩大派，一派和穆一維一樣，把自己定位爲「研究人員」——或者是提供技術的「技術人員」。認爲自己和一般大眾所認知的刑警八竿子打不著。至於另一派，特別是新一代的年輕鑑識員，則多了一份刑警的熱忱，不單單是對於數據和證據，也對命案本身、甚至是被害者境遇全身心投入。

即使穆一維口中那些站在第一線的偵查員大多用冷眼旁觀這些後輩的熱情。認爲他們做好自己份內之事即可，辦案可不是半吊子就能做的。

「『目前』判斷的致命傷——是死者後腦杓的傷口。」小佳拉回主軸說道。

檢視死者身體的其餘部位有沒有傷口和異狀時，才發現後腦杓情況慘不忍睹，幾乎整個爛掉，頭骨碎裂，連腦漿都流了出來，混著血液將草地沾得一片濕亮——這便是讓小佳瞬間閃過「這就是致命傷」念頭的主要原因。

在樹林間找到兇器，一塊沾滿血、形狀近似鐵餅的石塊。

下手兇殘、非致死者於死地不可，犯案後也不急著離開現場，比起一般的強盜殺人，種種跡象顯示更接近仇殺——但兇器過於隨機、隨興的選擇卻又將偵查推往衝動殺人的方向。

還是出於衝動的仇殺——場面一時間擦槍走火？

難不成有共犯——所以現場才會呈現出不同的殺人動機？

回想起先前經手、同樣發生在公園的那起命案，小佳不禁陷入沉思。

「所以……現在有兩種可能，一種是被害人經過那裡時遇上歹徒；至於另一種……則是她出於某個理由和認識的人約在那裡，結果被殺害。」阿碩整理方才的討論。

「有說等於沒說。」

「啊，我突然想到第三種可能！第二種的原因，加上第一種的結果——」

「你是指……被害人和某人相約，卻意外遇上搶劫而送命？」小佳先是眼睛一亮，然後偏著頭想了想嘀咕道：「有這麼巧的事嗎？」

「不合理，又不是演戲。」小佳看向語氣決絕的穆一維，感受到對方射向自己的視線，他接續說道：

「如果是第三種情形，和死者約好的那個人在哪裡？我不認為報案的人認識死者——雖然也還不知道死者到底是誰就是了。」

他說的沒錯——報案人是一名街友，年約四、五十歲的中年男子，說經過那附近時，聞到一股濃厚血腥味，猛一看差點尿失禁。大多數人聽到這裡或許會覺得好笑、甚至當真笑出聲來；但他們的第一個反應卻是：驗尿。

一聽到尿失禁就想到驗尿，看是不是吸毒，真是職業病——還是職業傷害呢？小佳忍不住自我解嘲。

「說不定是被嚇到……所以跑掉了。」阿碩嘴上雖然這麼說，卻不期待穆一維的回應。他自己也清楚這推論並不合格。

「如果被移動了位置——」提出最初的問題後，始終保持沉默的大吾這會兒終於出聲說道。

被移動了位置——大吾的意思是：廁所後方的草地並不是第一現場？

「要是這樣，報案的人，的確很有可能不是和死者相約的人……」小佳咕噥道，她沒思考過這個可能性。

「感覺好像又回到了原點……」阿碩看起來有些洩氣。

「沒關係，就算繞了一圈回到原點，也絕對不會白走一趟。」小佳說著瞄了身旁的大吾一眼，目光旋即重新投入阿碩眼底：「就算是同樣的路線，第一次走和第二次走、第二次走和第三次走——都是不一樣的。」

「妳該不會也沒劃到香魚吧？」穆一維突然岔開話題，雙手環扣在胸前，作勢探頭張望餐桌。

「香魚？沒劃啊……學長有說要點？」

「我也沒聽到。」

穆一維往阿碩的籃球鞋使勁踩了一下。

「按——我按服務鈴了！」阿碩破音喊道。

和之前不同，這回服務生很快來到桌邊——不是剛剛那個大眼睛的女生，這次是個肚子略微凸起、看起來有點年紀的男子。「請問是要加點嗎？」粗框眼鏡後方的眼珠子混濁、浮著草荇交織般的糾結血絲。

「我要——」抬起頭看向男子的瞬間，穆一維怔愣住。

留意到穆一維的反應，男子也定住身軀，緩緩睜大眼睛。

「我們要加點一份香魚……啊——請問一份是幾隻？」

「一、一份就是一隻。」男子回過神來，用力眨了幾下眼睛，身子側向小佳說道。

「那來兩份好了。」

「好的，馬上來。」轉身離去前，男子又忍不住看了穆一維一眼，穆一維垂眼啜飲著已經冷掉的蕎麥茶。

「學長是不是認識他？」阿碩驀地開口問道。

眞是的，爲什麼這時候觀察力特別敏銳、腦筋轉得特別快——小佳爲穆一維的處境露出苦笑。

「國中同——不……是國中最要好的朋友。」出乎小佳意料之外，穆一維坦然說道。他將陶杯擱在桌面，用掌心細細摩擦：「我以爲他會成爲醫生，那一直以來都是他的目標——至少到高中都還是。」說到最後，嘴角泛出一絲淡淡的笑意，和平常嘲諷、看好戲的笑容截然不同。

「不去聊聊？」大吾夾起一根外殼烤出一點一點焦斑的茭白筍。

「會吧，我想。」穆一維聳了一下肩膀，像是在說給自己聽似的，又低聲重複一遍：「我想。」

但即使現在抬起頭，對方的背影也已經掩沒在店內熱鬧喧騰的人潮之中。

5

這女人的死，果然登不上頭版啊——

這是件好事。

就這樣死吧。死得安安靜靜的。

店員大概覺得我很奇怪，幹嘛買這麼多報紙？

不買不行。不是為了妳，我是為了我自己——

我不想錯過妳的任何死亡……為什麼人只能死一次呢？為什麼？

我要記住妳的樣子。

電視、不、不只是電視，網路新聞也報出來了。

誰教妳要對我說這種話。

殺死妳，剛好而已。

不會被發現吧？

要是有更多時間、要是可以把妳切成無數個小碎片……剁成肉末的話……

現在的妳在我腦海中一定會更清晰吧？

6

案情發展在預料之外。

原以爲要費上一番工夫才能查出死者的身份，沒有想到，用不到一天時間就查了出來。「受害者身份」——或者簡單來說「死的是誰」，在命案中永遠是最基本的要素，是偵查的「起點」。沒有這個立足點，就算擲到再好的骰面也無法發揮作用，前進到任何一格。

儘管冷靜下來，便會發現自己才剛站上起跑線，但這個消息卻足以讓所有人精神爲之一振。警界有這麼一句話：「查案不怕流汗，怕不知道怎麼流汗。」儘管台語俗諺說：甘願做牛，免驚無犁通拖——但某些案子有時候，還眞的膠著到連犁都找不到。

「還好她拔過智齒。」坐在駕駛座上的小佳嘀咕道，不由得握緊方向盤。

步上軌道後，偵查進度有愈來愈快的趨勢，可以說是「一帆風順」——這種形容在一般人眼中可能不大合宜；然而無法否認，對於身處一線人員直面命案的他們來說，的確忠實道出了心聲。

死者名叫高鈺茹，上個月剛滿二十九歲。根據牙科診所護理人員的說法，她是在一家上市的知名科技公司擔任總經理秘書。

「高小姐她……眞的……那個了嗎？」綁著馬尾的護理人員一臉不敢置信的模樣。

也難怪對方有如此反應，畢竟高鈺茹從五年前開始就來這裡洗牙——要找到一間令人滿意的牙醫可不是件輕鬆事，這一點，長年離鄉背井、輾轉各地工作的小佳有深切體悟。見慣的熟人遭逢死劫，總讓人在震驚之餘也感到感慨。

小佳點了點頭，沒有答腔，她感覺到對方還有話想說——

「她男友一定很難過……」

「她有男友？」小佳刻意用好奇的口吻問道。

受到鼓舞的護理人員開啟話匣子：「當然啊！她長得那麼漂亮！」方才的憂鬱一掃而空。

小佳原本還有些好奇——對方要是知道那張漂亮的臉孔，被燒成幾乎成爲另一種生物的臉，不曉得會有多詫異。

但她現在已經不想知道了。

「她男友陪她一起來過？」

「來過、來過，長得很帥，不過不高就是了。」

眞嚴格。

「妳知道他的姓名嗎？」小佳隨口問道，並沒抱太大期待。

「我記得好像姓陳——」護理人員忽地睜圓那雙原來狹長的單鳳眼，細聲喊道：「等一下、我開給妳看。」

開給我看？

小佳還沒反應過來，那名護理人員便撇開頭，從腰間口袋掏出手機，滑了好一會兒，將螢幕湊到她面前：「這是他的臉書。」

臉書左上方的大頭照方框中，裝著一個戴著淺棕色墨鏡，赤裸上半身、肌肉結實的男子。帳號名稱寫著James Chen（陳建章）。

「不好意思，請借我看一下。」小佳接過手機，指頭俐落在螢幕上滑動，將值得參考的資料記錄下來。死者身份、關係人——最後是嫌疑犯。

有一步一步往眞相邁進的感覺。

然而，或許是因爲和一開始預料的情形不同，腳踏實地的調查儘管獲得扎實的成果，心底深處卻像是生了一層青苔似的，總覺得滑溜、一種隔閡甚至快要掌握不住的感覺。

基於犯案手段，偵查方向定爲「仇殺」，也就是以「兇手和死者認識」這一條線進行調查。決定此一偵查方向是意料中之事，畢竟屍體被破壞得那麼嚴重：根據法醫解剖報告，後腦杓有好幾道足以致命的傷口——或者應該這麼說，頭骨幾乎整個碎裂開來難以確切計算出受到的攻擊次數。數十，甚至上百。

伴隨著清亮鈴噹聲，小佳推開診所稍嫌厚重的玻璃門。

大吾靠在一旁牆上，稍稍仰起頭望向對街。大概是中午剛過的緣故，街上人煙稀少，爬到正上方的太陽，日光均勻灑落城市。

「得到了一些有用的資訊——應該吧。」往車子走去，小佳一面說道，一面甩了甩勾在指尖上的車鑰匙，忍不住偷偷瞄了瞄不發一語的大吾，心想他之所以在診所外頭等，該不會是因爲害怕看牙醫吧？

他一定不會承認——小佳隨即心想。但如果眞的問出口，大吾肯定會用那平靜無波的語氣回答：「我進去的話，她會太緊張，很難有意外的收穫。」

又在心底想過一遍，小佳還是不願意承認——就算他說的一點都沒錯。

一男一女的辦案組合，最大的優勢之一，就是能依據查訪對象的類型和環境場所的性質而靈活運用：有時適合一搭一唱；有時適合一紅臉一白臉；有時，則適合單槍匹馬上陣，無論套交情或者威脅恫嚇。

關上車門，引擎發動發出咚咚咚咚聲響剎那，大吾再度提問，他的聲音宛如射中靶心般準確送入小佳耳底：「爲什麼不打爛她的臉？」悶熱空間裡，空調才剛啟動，她忽然感覺剛從後背和手臂滲出的透薄汗水瞬間變冷發涼。

7

好像沒有更多的新聞了……這就是全部了嗎？

也是，差不多就這樣了。

燒成那樣……打、打成那樣、絕對……絕對不會被發現的——

8

「爲什麼不打爛她的臉——這是什麼意思？」

「我哪知道！」小佳端起面前的熱拿鐵啜飲一口，浮在表面的細緻天鵝拉花被輕輕扯動開來，宛如拂動湖水撩起波光粼粼的漣漪。

「大吾哥沒說？」阿碩頓了一下：「還是妳沒問？」相處這段時日，他已經很明白小佳的個性，於是逕自往下說道：「有沒有打爛有差嗎？兇手不是燒了她的臉？」

「就目前的進展來說，差很多。」小佳擱下馬克杯。

阿碩明白小佳話中的涵義，過去曾有幾起案例，兇手爲了掩飾死者身份、造成警方偵查困難，不僅僅將死者毀容，甚至拔掉、敲斷死者的牙齒——因爲近年來提倡口腔衛生觀念的緣故，不但普遍有洗牙的觀念，照X光拔智齒、治療牙周病甚或戴牙套矯正的患者比例大幅度攀升。

「也就是說……兇手可能不知道死者不久前拔過智齒？」阿碩切了一小塊兩人合吃的萊姆葡萄起司蛋糕，這家咖啡店的招牌甜點。

高鈺茹上個月拔了生平第一顆智齒，當時醫生建議她最好把剩下三顆智齒統統拔掉、一勞永逸，只是現在——她再也不能回診了。

小佳撐著臉頰看向落地窗，遲遲沒有回應阿碩的推測。

就現階段而言，這的確是選項之一——若是綜合「仇殺」的大前提，大概可以勾勒出犯人的模糊形象：認識死者，但又沒有那麼熟？

然而，如果沒有那麼熟，能夠產生這麼強烈的恨意嗎？除非……除非死者的經歷並沒有表面上看起來這麼單純。

推論合情合理，但小佳還是覺得不痛快，不知道胸口喉嚨一帶被什麼東西給悶住了一樣。

搞什麼啊——小佳心想自己該不會是「偵查被虐狂」吧？總希望案情愈複雜愈難理解愈好。想到這裡，她不由得輕輕搖了搖頭，像是嘲弄自己似的抿出一絲苦笑。

「也有可能是兇手單純忘記這件事。」阿碩把玩著叉子隨口說道，叉子後端是一隻Q版的鐵灰色哈士奇。

「不大可能，都已經燒臉、燒手指了。」小佳明快答道，一口氣切走一半起司蛋糕塞進嘴裡，舔了舔沾上唇角的碎屑。

兩人陷入今晚難得的片刻沉默。

「我說的……其實妳都已經考慮過了吧？」再開口時，阿碩的眼神變得和先前截然不同，沉著蘊含力道，望向坐在對面的小佳：「妳找我出來……是不是想知道一維學長有沒有和他那位國中朋友見面？」

小佳笑了笑，別開視線，再度迎上他目光時，用叉子朝他指了指說道：「你平常反應爲什麼沒有那麼快啊——因爲對象是一維學長？」

小佳始終搞不懂阿碩到底是過於敏感還是神經大條——又或者，這其實是一體兩面的特質？總得在空無一物的乾淨意識裡，才能捕捉到更深層幽微的部份。

阿碩也咧嘴笑了，抓了抓鼻頭：「以一維學長的個性，我想……應該沒那麼快。」

「爲什麼？沒話聊？也難怪……畢竟都那麼多年沒見了……」

「不是這樣。」阿碩難得徹底否定小佳的話。她訝異抬起眼，他的眉尾隨著低斂的眼神往下垂，注視著墊著一層厚實玻璃的桌面：「妳沒有崇拜過任何人吧？」

在遇上大吾學長以前確實沒有——小佳心想，終究忍住衝動，沒有說出口。

「我有喔！所以我懂……懂那種幻想破滅的感覺。」阿碩回看著小佳，長長的睫毛乘載著燈光。

「因爲對方讓自己失望？沒有回應自己當初的期許？」

「也不是這樣。」阿碩又搖了搖頭：「比起那個，更多的……應該是『愧疚感』吧？」

「愧、疚、感？」小佳不懂。爲什麼要感到愧疚？對方變成那樣又不是自己的錯。

「因爲自己在不知不覺中，成爲了被羨慕的一方。那才是最難受的。」

9

妳為什麼、要這樣子對我？

妳死了，就沒有人可以告訴我了。

但妳已經死了。

被我親手殺死。

這居然是這段時間以來，最最真實的事。

10

「鈺茹她、眞的……你們、說的、是眞的嗎？」陳建章說話結結巴巴，臉頰發抖嘴唇打顫，像是下一秒就要哭出來。

小佳和大吾沒有立刻回應，打算讓對方慢慢接受、消化這個訊息。

男子和照片相去不遠，只是皮膚稍微黑了些，從反摺襯衫袖子露出的下臂粗壯，肌肉線條深刻。

拿捏開啟下一個話題的時機，過了將近半分鐘，小佳重新打破沉默，簡單說明他們爲什麼會找來出版社——也就是陳建章工作的地方。

眼前的男子這才終於冷靜下來，攤開手帕按了按額頭和鼻樑：「牙醫、喔、對……對……我陪鈺茹去過幾次……她一直猶豫要不要拔智齒……她很怕拔牙，要不是蛀得太厲害……」說著說著，男子眼神逐漸失去焦點，再度掉入自身情緒。

「不好意思打擾你工作——」

「不、不會……」

「我們這邊有幾件事想請教——」

陳建章扭過頭，從會議室往玻璃窗另一側辦公室看了一眼，表情促狹咕噥道：「好……」

「在這裡方便嗎？」

「可以、沒關係……」

大吾逕自在沙發上坐下，小佳也跟著落坐——開始了，她微笑問道：「你是副總編輯？」先熱身。

「對……」

「這麼年輕就當上副總編輯了？」

「我們出版社規模不大……而且，我也不年輕了，明年就三十五了。」

「現在這年頭，經營出版社應該很不容易吧？」小佳說著，視線自然往房間四周掃視一圈。

「的確很不容易，最近大家都不怎麼看書了，產業萎縮很快。」

「看你的臉書，很難和出版業聯想在一起。」

陳建章摸了摸後腦杓：「除了看書，我也很喜歡戶外活動，特別是衝浪。」

「你和鈺茹怎麼認識的？該不會就是因為衝浪吧？」

「不是，鈺茹她怕水。」陳建章苦笑道，搖了搖頭：「是朋友介紹的，她朋友是她的大學同學，在我們出版社出過一本書。」他站起身，往牆邊一整面書櫃走去，伸長脖子找了好一會兒，抽出其中一本：「就是這本。」

《戰勝悲觀情緒》——我的天。小佳最怕這種類型的書，接過後，像被燙著般翻也沒翻便輕輕扔到桌上，繼續問道：「你知道……她最近有和誰鬧不愉快嗎？」

「不愉快……」

「吵架、爭執或者看誰不順眼——」

「鈺茹她不會看別人不順眼……」

見陳建章欲言又止，小佳身子前傾說道：「如果可以，請你有話直說，任何蛛絲馬跡都有可能成為破案的關鍵。」

「鈺茹她說話……怎麼說呢……很、很直接……有時候……太直接了，所以可能常常得罪人——但她自己好像不大意識到這件事，或許也可以說她並不在意這種事。她是那種正義感很強、理直氣壯的人……但你們也知道，這年頭明哲保身的人比較容易在這個社會混下去。」

「所以就算有人恨她也不奇怪囉？」

陳建章塞回斜前方的單人座沙發，抬眼瞄了瞄被漆成淡綠色的天花板咕噥道：「我覺得討厭她和恨她是兩件事……尤其是到那種……那種程度……我覺得不大可能——至少現在我想不出來鈺茹身邊有這種人。」

「不好意思，我想問一個比較直接的問題——」不等陳建章回應，小佳追問道：「你覺得你自己很了解高鈺茹這個人嗎？我的意思是，她會不會有你不知道的另一面？而對她懷有強烈敵意的，就是看見她那一面的人？」

陳建章若不是脾氣很好，就是家教很好善於壓抑掩飾情緒的人，他定睛注視著小佳：「我認爲我很了解她。我們原本明年就要結婚——」

「原本？現在不結了？」小佳立刻抓出關鍵詞。

「鈺茹她家……最近出了一些狀況……」

「狀況？」小佳覺得嗅到了「動機」。

「她爸公司倒閉，合夥人捲款跑了，欠了一大筆債……她想先幫家裡還完錢再討論結婚的事。」

「那你呢？」陳建章一時間愣了住，不明白小佳的意思，她索性一鼓作氣挑明：「你還是想和她結婚嗎？」

「當然。」陳建章直視著言辭近乎挑釁的小佳：「這不影響我們的感情。」

「既然談到錢——」小佳話鋒一轉，不再著墨於他們的感情世界：「鈺茹有沒有和什麼人有利益上的衝突？」

「我還是想不到……這陣子她是找了幾間銀行……但只是諮詢有關貸款的事——我也陪她去過幾次。」

「她沒有和銀行業務發生糾紛？」

「畢竟是有求於人……鈺茹她不至於那麼不識時務——我說過，她說話雖然直接，但不會無理取鬧。」

「你們感情很穩定，我記得她老家在苗栗，你們住在一起？你幾點下班？出版社應該都到挺晚的吧？方便下班後讓我們進去看一看嗎？了解她的生活愈深，對案情愈有幫助。」小佳連珠砲似的說道，準備結束這場談話。

「沒有，我們沒有住在一起。」

這倒讓小佳頗感訝異。

「她和她大學同學一起住。」

「寫書那個？」小佳往桌上的書瞥了一眼。

陳建章擺了擺手：「不是，小芹、她和小芹一起住。劉湘芹、鈺茹都叫她小芹，她們以前還在念教育大學的時候就是室友，畢業後一起租在外面——剛出社會存錢比較難，特別是在外地工作。」

「她是哪一個啊？小芹。」小佳開啟手機，點入高鈺茹的臉書：「我是從你那邊連過去的。」怕引起誤會，她稍作解釋，點開相簿。

「沒有。」陳建章看也沒看便答道：「小芹不喜歡照相——應該說，她現在對那種東西沒興趣。」

明明住在一起，卻連一張照片也沒有？

「她偶爾還是會過去你那邊住吧？」小佳突然拉回話題問道：「我是說高鈺茹。」

儘管截至目前爲止的二十多年人生中，小佳只交過一個男朋友，但一般戀情並不難想像，不脫那幾種形式和上壘階段。說不定就是因爲太容易想像了，自己才會交過一個就已經厭膩了——

「嗯、對、當然……我們交往了這麼久……到十月就滿六年了。」

「方便的話，我們還是想看一看，你住的地方。」小佳收起手機。

「當然、可是……我工作到很晚。」

「放心，再怎麼樣，也不會比我們晚。」小佳駕輕就熟揶揄自己，從筆記本裡清脆撕下一頁，按在長桌上往陳建章面前推去，眨了眨眼睛說道：「可以麻煩你留一下地址嗎？你和小芹的都要。」

他抽出插在胸前口袋的原子筆，俯身寫起來。

小佳忽地想起什麼般，瞄了眼手錶，使勁拍響大腿，揚聲驚呼道：「對了！你應該知道小芹的工作地點吧？我們想現在過去——」

「她沒在工作。」陳建章打斷小佳興奮的發言。

失業了？

不等小佳發問，陳建章緊接著補述道：「她是全職考生。」將紙張調轉方向推回小佳手邊，喀一聲蓋上筆蓋。

「所以她現在在這裡囉？」離這裡還不算太遠——揀起紙張的同時，小佳迅速掃過一遍內容。筆劃乾淨、字跡娟秀。她將紙張對摺再對摺，小心翼翼夾入筆記本：「還有一件事想麻煩你，高小姐的事……請先不要和劉小姐說，由我們這邊直接和她說明或許會比較清楚。」

「就算我想跟她說，也沒辦法。」

沒辦法？

抬眼瞄了瞄小佳，陳建章鬆了一口氣似的緩緩躺入沙發椅背，兩手食指指尖按住原子筆的兩端，鼻子擠出挾帶氣音的笑聲：「小芹她沒有手機。」

他肯定覺得自己高人一等吧？

不只是對考了好幾次卻依然名落孫山的劉湘芹——還有坐在對面的兩名警察。

「你覺得她爲什麼會出現在那裡？」沒有理會陳建章，始終沉默著的大吾冷不防出聲，提出踏進這間會議室以來的第一個問題。

「出現在那裡？那裡……那裡是哪裡？」先前絲毫沒將大吾放在心上的陳建章又冒出一臉汗，窘迫咕噥反問道。

「我說明一下。」小佳早先只有提到高鈺茹的死訊，並沒有透露案件相關資訊：「她……我們是在公園——木嶺公園裡發現高鈺茹的。根據法醫解剖報告顯示，死亡時間大概是在晚上十一點到凌晨一點之間。」而後進一步解釋大吾的提問：「如果她是去赴約，你覺得她有可能是去見誰？」

11

警察……警察……

應該要發現了才對？

12

叮咚——

「你們是誰？找鈺茹嗎？她不在。」

「劉湘芹小姐？」對方還沒應聲，小佳便湊近門縫說道：「其實——我們是來找妳的。」

得知高鈺茹的死訊，原本板著一張嚴肅臉孔的劉湘芹瞬間崩潰痛哭，從廁所出來時，額頭和雙頰掛著豆大飽滿的水珠，顯然洗了一把臉。

「那個……我……對——」

「沒關係。」小佳安撫道：「比較好了？」

「嗯……大概……」劉湘芹輕輕點了點頭，看起來無精打采，有著黑眼圈的雙眼紅腫充血，眼窩整個浮脹起來。

和高鈺茹給人的感覺截然不同——滿臉青春痘不說、一頭髮質粗劣的長髮用橡皮筋隨意紮綁在後、領口鬆垮袖子不曉得是沾上醬料抑或口水印子的T恤塞進腰帶失去彈性的褪色短棉褲。可以想像到的「全職考生」的刻板印象，全在眼前這名女子身上一覽無遺，不只根本看不出她還未滿三十歲，甚至已經邋遢到性別模糊。

「不用擔心，我們已經通知她在苗栗的家人過來了……能先跟我們說一下鈺茹最近的狀況嗎？特別是和平常不一樣的地方——沒關係……先放輕鬆，隨便聊聊，想到什麼說什麼就可以了。」小佳順勢環視房間一圈，以兩個人住來說，空間不算寬敞。含衛浴設備大概十五坪左右，擺了一張雙人床、兩張書桌，靠窗的地方用桃紅色巧拼拼出一小塊「客廳」，一張兩人座沙發和兩張板凳隔著和式桌安放，此刻他們三人就坐在這裡彼此相對。

「和平常不一樣的地方……我覺得……好像沒什麼特別的……」劉湘芹偏著頭思索，身體不自覺靠住沙發扶手：「不過……鈺茹她最近好像很忙……常常往外跑……有時候很晚才回來，有幾次我以爲她是睡在建章那邊……早上起床才發現原來、原來她有回來……我都不知道……我都不知道她是什麼時候回來的……」她愈說愈小聲，最後乾脆把自己的聲音吃掉。

「所以今天早上妳沒看到她，以爲她在陳建章那邊？」等眼睛無神的劉湘芹喏喏點了點頭，小佳才繼續說道：「所以妳不覺得她常常往外跑，而且時常三更半夜才回來是很奇怪的事？」

「是比平常頻繁沒錯……我想可能是公司的事……交際、應酬什麼的——之前聽鈺茹提過，她們公司最近好像有一筆大型的併購案。」劉湘芹冷不防瞪大眼睛：「鈺茹她、該不會是因爲這個併購案——」

「可能性不大。」縱然過度主觀，但小佳直覺這樁命案和商業競爭沒有關聯——她搖了搖頭，接著亮出其中一張牌：「妳不知道她最近在找銀行談貸款的事？」

「貸款？為什麼？鈺茹不會被她公司騙了吧？」

「和她工作的公司無關……是她爸的公司出了些問題，好像急需要用錢。」

「鈺茹她……鈺茹她沒跟我說過……建章他知道嗎？啊——他、他知道鈺茹出事了嗎？」

「他知道。」小佳一次回答了兩個問題。

「是嗎……」劉湘芹眼神低垂，落回地板。

「妳為什麼一直提到鈺茹的公司？她常常跟妳說這些事？她最近工作不順利嗎？」

「鈺茹她的確常常跟我講工作上的事，她……有點工作狂——」說到這裡劉湘芹短促笑了一下，收起笑容的瞬間，神情益發寂寥：「想起來很好笑，以前在念大學的時候，她總是嚷嚷著自己絕對不要做那種上班打卡、領死薪水工作的人。」她撇開頭，望向擱在書桌上的照片。

照片裡有四個女大學生，穿著學士服站在大講堂前方的舞台上，後面有一座由繽紛氣球搭成的拱橋。像是突然通電，大吾抽開板凳，在房間裡兜繞起來。小佳連忙站起身，跟在他後頭，走向那兩張靠牆擺放的書桌：其中一張堆滿補習班課本、參考書和考古題各類書籍考卷的，顯然是劉湘芹的座位。前方牆上貼著一張小板子，上頭貼滿註記重點的便利貼，其中有一小格泛黃的手錶圖片，似乎是從廣告傳單上剪下來的——那麼另外一張書桌，應該就是高鈺茹的吧？

小佳的目光向右平移，高鈺茹的桌面相當乾淨，內側擺放了一個長方型的網格塑膠盒，裡頭放著化妝水、乳液、唇膏、睫毛膏、卸妝油和指甲油等女性常用的化妝品；另一側則擺著相框、一面立鏡、化妝棉、粗框眼鏡、生理食鹽水和隱形眼鏡盒。

化妝水、乳液、唇膏、睫毛膏、卸妝油……大概是很少機會接觸，桌上幾乎每一樣物件，大吾都一一揀起打量。看一個大男人把玩這些東西感覺格外有趣——小佳不由自主暗笑著。大吾持起鏡子，不僅照出自己的臉，也將站在身旁的小佳照了進來。

「好乾淨！」小佳讚嘆出聲。

鏡面纖塵不染，連一點點指紋或者灰斑都沒有。

小佳爲自己的鏡子感到羞愧。

大吾不動聲色放回鏡子，抓起擱在一旁的眼鏡，扳開鏡架眼睛湊了上去。小佳當然沒放過，也好奇靠過來：「大概兩、三百度吧？」扭頭看向劉湘芹，似乎在尋求對方的認同。

「差、應該差不多……鈺茹她小時候原本是遠視……是高中爲了準備考試才變成近視的……」

感受到大吾的視線，小佳解釋道：「我姐也差不多兩、三百度，我以前常拿她的眼鏡玩。」

將眼鏡放回原位，這回大吾捧起化妝棉盒，掀開盒蓋，還剩下一半以上。另一邊還擺著一盒尚未開封的。說不定和自己一樣，是趁著藥妝店買一送一特惠時買來「屯放」的——小佳琢磨著。

大吾離開書桌，走向窗邊。

眞的好乾淨——跟上大吾前，小佳忍不住回頭又看了一眼高鈺茹的桌面。

特別是塑膠盒裡的瓶瓶罐罐——同樣身爲女生，更能理解當中不易之處，有時候一時失心瘋買了很多化妝品，然而會持續使用的通常就是某幾樣，因此日子一久，其它瓶罐的蓋子、瓶身抑或塑膠盒底部擺放瓶罐後夾出的狹小空隙積出灰塵，其實是司空見慣再自然不過的事。

但是高鈺茹卻連一絲細節都沒有放過。

「她是不是……有潔癖？」

一定是——高鈺茹明明留著長髮，可是從踏進這個房間以來，卻連一根頭髮都沒看見。

小佳的姊姊留了一輩子的長髮，所以她很清楚長髮會給家裡環境造成多大的「威脅」。每次進姊姊房間，腳底便掀起一股毛絨絨的異樣感受，彷彿踏在一片起了靜電還是長滿菌絲的地板。

「嗯……有一點……算是比較愛乾淨……不過還不至於神經質……」

也是——要是潔癖到神經質的話，應該無法忍受這個人吧？

小佳知道自己不應該有這種想法，但就是忍不住在心底吐槽她：縱然要考試也不用把自己搞成這副德性吧？這樣子書眞的念得下去嗎？至少把露出來的鼻毛和嘴唇邊的汗毛修一修吧？

小佳自認爲算是懶惰的女人，尤其是對外表不甚在乎，架上永遠只有卸妝油、化妝水和乳液基礎三罐——一開始還常常搞錯使用順序，最後乾脆在瓶身用奇異筆標出一二三。

反正同仁裡也沒幾個人會放在心上，他們連自己的打扮都無暇關心，小佳甚至懷疑就算自己連續一個禮拜都穿同一套衣服，恐怕也不會有任何人發現——當然，這個假設的前提，必須將阿碩排除在外、不，一維學長不會輕易放過任何可以開自己玩笑的機會……還有大吾學長，他或許只是沒明說而已？

想著想著，她偷偷瞄了大吾幾眼——

「妳……最後一次見到她、或者和她聯絡是什麼時候？那時候，她人又在什麼地方？」該剪了。順了順不知何時變長的瀏海，小佳拉回意識，調整呼吸接著問道。

「就在這裡。昨晚鈺茹她回來以後先吃了一碗泡麵，然後才去洗澡。」

「幾點回到這裡？」

「大概……十點半吧……應該是……啊、等一下——我看一下……」劉湘芹話才說到一半，猛地彈起身小碎步跑向書桌，撥開一落書本，一手撐住桌緣、一手俐落翻起筆記本：「嗯……對、是十點半，我記得……我剛好複習完教哲。」

教哲——教育哲學。就跟有人習慣將台北車站簡稱為「北車」一樣。

根據陳建章的說法，他和高鈺茹在十點左右通過電話。他說高鈺茹跟自己說她正在回家的路上——那是他最後一次聽到她的聲音。調閱通聯紀錄，兩人確實曾在那時間通過電話。

關於通聯紀錄的偵查結果不只如此——

「然後呢？洗澡以後發生了什麼事？」小佳認為現階段沒有必要向對方說明，於是按照安排好的流程提問。

劉湘芹往和式桌的方向指了指：「她在那邊看雜誌，看到……看到大概快十二點吧……突然說要出門一趟。」

「妳不覺得奇怪？有電話嗎？沒有接到電話卻突然說要出門一趟？而且已經洗好澡了——」

「有LINE啊！」劉湘芹的口吻理所當然。

小佳頓時怔愣住，聽到她提起LINE，這種感覺，就好比從山頂洞人的口中冒出「我要上網吃到飽」，一時之間給人一種年代錯亂的突兀感。

「鈺茹很常用LINE，還買了一大堆貼圖，這件事建章也知道。」

LINE啊……這樣就棘手了。LINE不容易追蹤，更重要的是，因為是設立在境外的跨國企業，和現行警方的辦案系統整合有相當程度上的困難——甚至根本不確定究竟有沒有整合的那一天。

儘管諸如此類的「技術合作」風聲層出不窮，但小佳卻認為可行性不大。某個層面來說，她甚至無法完全贊同這種方式。凡事有利必有弊，雖然近年來利用網路社群犯案的例子愈來愈多、手法像是病毒般劇烈突變難以適應抗衡，導致偵查過程益發棘手；然而，當公權力無限擴充、無孔不入滲進每一個私密的角落看穿每一個人，想像起來也是一件令人感到壓迫、幾乎要恐懼作嘔的事。

「哪一個是妳？」

咦？

小佳愣了一下，才猛地意識到大吾說的是那張畢業典禮相片。

等、等一下！就算是大吾，這個問題也未免太失禮了——雖然自己也認不出哪一個是劉湘芹就是了。

站在中間右邊披著一頭長髮的一眼就看出是高鈺茹——縱使和臉書相比，髮色捲度、化妝風格和身材曲線截然不同，但基本上臉型、氣質相去不遠，仍然能輕易辨識出是同一個人。

「站在中間左邊，鈺茹旁邊那個。」

劉湘芹指出的那個人，是四人當中最漂亮的。

完全不像。

和「時間」相比，能對自己更殘酷的，到頭來還是只有自己。小佳記得有臉友曾在塗鴉牆上分享：十八歲以前，人的長相是父母給的；十八歲以後，人要為自己的美醜負責。

「這是……」小佳拄著膝蓋逼近相框，這才看清楚劉湘芹和高鈺茹手上分別捧著「智育獎」和「群育獎」的獎牌。兩人笑容燦爛、一對大眼睛閃閃發亮，像是對畢業後的世界抱持無限希望、充滿躍躍欲試的衝動，根本不可能想到未來有一天，自己會變成萬年考生，或者——被殘忍殺害。

「回憶」果然不是什麼好東西，除了感慨、傷感，一點實質作用也沒有。

但也就是因爲這樣，所以我們——像是揹負著什麼，小佳用比之前緩慢的速度謹慎挺直腰桿。

大吾沒再多說一句話，轉身走向房門。

「如果有需要，我們會再來，到時候再麻煩提供協助。」

「嗯……好……」劉湘芹送小佳來到門口，只見外頭走廊站著兩名身穿深藍色衣服的年輕男子。

「阿碩，接下來交給你了。」

「妳好，這是搜索票。」阿碩將搜索票湊到劉湘芹面前。

「搜索票……」

「我們要將高鈺茹的東西帶回去，當作證物暫時扣押，之後會直接交還給她的家人。」阿碩制式化說道。

「晚一點我們會過去陳建章那邊。」小佳往阿碩的腰部拍了拍。

「ＯＫ，劉檢那邊已經一併申請了搜索票。」和平常不一樣，鑑識時的阿碩渾身散發出一股大權在握的沉穩氣質——當然，前提是穆一維不在場的時候。

小佳能體會那種複雜的情緒——她注視著大吾往樓梯走去的背影。

離開劉湘芹和高鈺茹的租賃處後，離陳建章下班的時間還有將近三、四個小時，大吾和小佳決定先去拜訪高鈺茹工作的科技公司。

從公司同事口中得到的評價和陳建章的說法大致相同。與其說高鈺茹容易得罪人，倒不如說她在公司有一定程度的威望。許多基層人員不敢說的話，高鈺茹都會發聲、挺身極力爲大家爭取。而或許是因爲能力出眾的緣故——當然還有她姣好的外在條件，長官其實並不討厭言辭銳利的她，甚至有時候會主動詢問她的看法。

小佳默默在「工作結怨」選項的後方打上一個叉。

13

來了……果然來了……

警察也沒有像新聞說的那麼差勁嘛——對，就是要這樣才對。

你們愈認真，就愈難發現……

14

關於當時小佳語帶保留的通聯紀錄——其實那天晚上，除了男友陳建章，在高鈺茹失去呼吸不久前——十一點零七分，還有另一個人也打了通電話給她。

那個人，就是此刻坐在大吾和小佳面前的這名男子。

印在名片上頭的名字是劉嘉晟，Alex Liu，在某銀行工作，大概是臉色蠟黃的關係，看起來約莫四十二、三歲，實際上應該更年輕一些才對。

「我的確有打電話給鈺茹……她……怎麼了嗎？」

他們三人坐在銀行大樓底下連鎖咖啡店的戶外座位。

「她遇害了，今天凌晨被人發現。」

「遇害？」像是一時之間無法理解這個詞的意思，劉嘉晟雙眼直勾勾望向前方，從小佳和大吾肩膀間的縫隙穿過，久久無法反應。小佳瞥了大吾一眼，他正以相當專注的眼神凝視著劉嘉晟。

「不、不好意思……」劉嘉晟咕噥著，手摸往綴有淺色直條紋的名牌西裝，從內側襯衫口袋掏出香菸，手微微發抖點起菸，一連抽了好幾口，眉宇出汗臉色青白，好像隨時都會癲癇發作、從座位上彈起身來：「鈺茹她……她……真的假的？她……」

小佳點了點頭。

「她怎麼、怎麼那個的……」

「在木嶺公園遇害，後腦杓受到劇烈撞擊。」小佳說出報章新聞有報導到的部份。

「誰做的……爲什麼？」

「現在還在偵查中，所以我們需要你的配合。」

「我的配合？你們該不會是懷疑、我、我……妳剛說凌晨——我昨天晚上回家以後，一直都待在家裡，我老婆可以作證。」

「老婆作證通常不會被採信——」小佳抿出笑容：「不過你放心，我們來找你，不是懷疑你，而是因爲你是最後一個和高鈺茹『接觸』的人。」

劉嘉晟明顯鬆了一口氣，將菸捻熄，旋即又點起另一根：「『接觸』……妳是指昨天晚上那通電話？」

「你還記得是幾點打給她的嗎？」

「我看看。」劉嘉晟掏出手機，找了好一段時間：「不好意思……請稍等一下，我們做銀行業務的就是這樣，一天到晚……一天到晚都在打電話──有、有了！十一點零七分。」

Check──小佳接著問道：「通話時……你有注意到什麼嗎？再細微都沒關係。」

「好像有聽見水聲……還有回音……我有想過她會不會是剛好在洗澡，怕打擾她，但又不好意思問。」

反應挺快的，有當業務的潛力。

「你打電話給她的原因是？」

「鈺茹她……昨天下午來銀行詢問過貸款的事，不過我那時候正忙著接待其它客戶，實在抽不出空，就跟她約改天見面再好好聊一聊……我回到家才突然想到還沒跟她約時間，所以就打給她……雖然有點晚了，但我擔心她有急用……我們原本……約今天晚上見面……」

「你本來就認識鈺茹？」

「對……對、我們以前在大學同社團，我是她學長，大她三屆。」

「你也認識陳建章和劉湘芹？」

「陳建章聽鈺茹提過……好像是她男友？小芹也是大學就認識了，她跟鈺茹很好，當初就是鈺茹把她拉進社團的。」

「是你叫鈺茹拉小芹進社團的？」小佳發現劉嘉晟提到「小芹」的名字時，語氣明顯產生變化，於是大膽猜測——這時候就應該來顆變化球。

「我以前……暗戀過小芹……」劉嘉晟笑容尷尬：「誰跟妳說的？不會是小芹吧？你們見過她了吧……她跟鈺茹住在一起……」

小佳沒打算回答他的問題，就在這麼想的同時，身旁大吾已經站起身來。

收穫不大——

小佳很早就排除了劉嘉晟的犯案嫌疑，原因不是他天眞以爲老婆能夠爲自己作證，而是因爲自己一開始，只說高鈺茹的屍體今天「凌晨」被人發現，卻沒有說那就是她的「死亡時間」。因此傻呼呼搞錯不在場證明的劉嘉晟，如果不是無罪，就是相當了得、工於心計的演員。

幸好在現實世界中，像後者這樣的罪犯幾乎不存在。

15

我要把握這個見面的機會。

說不定這是我們最後一次見面了。

16

「不好意思，我來晚了。」

陳建章聽到聲音，從書中抬起頭，兩眼發直咕噥道：「小……芹？」

也難怪他遲疑——眼前的劉湘芹，一頭亂髮修剪成俐落短髮，還挑染今年春天最流行的紅褐色；身上穿著一襲露出些微膝蓋的小洋裝；儘管敏感性肌膚之故一張臉還是通紅脹滿痘子，但已經一掃原先土氣打扮，整體妝容跟陳建章印象中的小芹落差極爲懸殊，說是重新投胎也不爲過。

「有差這麼多嗎？還是……很奇怪？」

「不、不是……不奇怪……妳剪了頭髮……很好看、很清爽——我沒看過妳穿這麼正式的衣服。」陳建章囁嚅解釋道。

正確來說，和高鈺茹交往這幾年來，陳建章根本沒看過劉湘芹除了T恤和棉褲以外的樣子。

「其實……我也還不是很習慣……」劉湘芹笑了笑，在陳建章對面坐下，將手提袋按在大腿上：「好久……好久沒有到外頭逛逛了……有點緊張……我想想——應該……應該有五年多了吧？眞的……好久……」

「鈺茹說妳爲了準備考試，這一、兩年連過年都沒回家。」

「回家幹嘛——」聽到陳建章說的話，劉湘芹突然收起雀躍的神情，臉色一沉說道：「反正又沒考上。」下一秒，像是切換頻道，俐落換上另一張愉悅的表情：「對了，你找我出來有什麼事？」

「我——」

「妳好。」

出乎意料的聲音打斷兩人交談，讓劉湘芹差點從座位上彈起來。她抬眼瞟向朝桌邊走來的小佳和大吾：「是你們……」細聲嘀咕，她的目光不自覺移回嘴巴張到一半的陳建章。

小佳意會過來，隨即緩頰場面：「我們剛剛去陳先生住的地方看了看，原本是昨天要去的，但他出版社臨時要加班——畢竟高小姐偶爾也會在那裡過夜，還是了解一下環境比較好……正準備離開，剛好陳先生順口提到今天和妳約了見面，所以我們就跟過來了。」

很明顯是打好稿的說辭。

劉湘芹皺起眉頭瞅著小佳，似乎還不習慣這髮型，用力抓了抓微微勾起的髮尾：「請問……你們還有什麼想問的嗎？」她打開天窗說亮話。

「爲什麼要殺了她？」聲音來自站在小佳身後的大吾。

打開天窗說亮話的不只她一人。

劉湘芹的視線從小佳肩頭越過，和大吾的堅毅眼神扎扎實實碰觸、撞擊，原先側過身子的陳建章這會兒整個人轉過身去，一臉詫異望著大吾，緊接著又扭回頭睜大眼睛盯住劉湘芹——

「我不懂你在說什麼。」劉湘芹緩緩搖了搖頭。

「阿碩現在在妳和高鈺茹的房間。」說話的是小佳。

「東西不都拿走了嗎？」劉湘芹一臉厭煩說道，彷彿有一隻蒼蠅在她眼鼻前飛啊飛的挑釁。

「血跡檢測。」小佳說道：「妳是在那個房間殺了高鈺茹的吧？」

不是公園——那個房間才是第一現場。

「你們……他們……」陳建章上半身幾乎要從桌面橫越過去，來回看著眾人，眼珠子劇烈凸出讓瞳孔顯得異常的小：「他們……他們——說的、是眞的嗎？不……不可能吧？怎麼可能、欸！你們有沒有……」情緒膨脹至極限，他按捺不住，搖搖晃晃盪起身軀，轉向小佳。

「被識破了啊。」聲音從背後冷冷爬上後頸一路溜進耳中，陳建章突然感到虛脫、一陣暈眩，再也擠不出力氣。宛如被剪斷的花朵，他重重落回座位，任由劉湘芹繼續說道：「那個假惺惺的女人，以前明明說有多崇拜我……我只是考運比較差而已……她、她憑什麼看不起我？妳知道嗎？她居然說要退租、要搬去跟這個男人一起住……動不動就打掃、大掃除……是在暗示我是垃圾吧？根本就是想把我這個垃圾趕出去……居然還嘲笑我為什麼念成這樣拼成這樣還考不上？檢討？要我檢討？她憑什麼要我檢討？也不想想自己以前的報告是靠誰、考試筆記也都是抄我的……這賤女人，自己出社會一得意就把人看扁了……她、她……每次看我落榜，一定開心到要瘋了，她——」

「不是這樣——」陳建章終於提振起精神，像是豁出去似的打斷她的話大聲說道：「保、保持清潔，是因爲鈺茹她在那本書裡看過、就是那本《戰勝悲觀情緒》……裡面提到……提到保持環境乾淨有助於心情平靜……她認爲這樣做，有助於提升讀書效率。」他吞了一口口水接著說道：「今天我約妳出來……是要給妳這個。」

陳建章提起放在旁邊座位的紙袋，從裡頭取出一個精美的盒子，遞到劉湘芹面前。猶豫片刻，她接過來：「這是什麼……」掀開盒蓋，裡頭裝著的，是一隻手錶。

和自己貼在書桌前方的那張圖片一模一樣——

「她比任何人都相信妳。」陳建章雙眼低垂，目光落在面前那杯幾乎要喝完的白開水：「這份禮物，鈺茹她在五年前就已經準備好了。」

17

我到底都做了些什麼？
難怪什麼都考不上。
連殺人都做不好。
我真是他媽的失敗。

18

「她其實……很後悔吧？」阿碩說道。

小佳拍了一下他的手背：「等一下啦，還沒熟，太早翻了！」

「後悔？」穆一維冷笑一聲，喀喀喀喀敲了敲手中的夾子：「妳是指在哪一個時間點？知道死者父親的公司破產揹負龐大債務？還是知道死者對自己的心意和付出——在我看來，不管哪一個理由，都無法改變『兇手是自私的』這個事實。」

但是沒辦法，很多時候，人的確需要靠其它人的悲傷和不幸，才有辦法「比上不足比下有餘」順利活下去——

「不過……我還是想不通耶，打爛後腦杓是爲了掩飾第一道傷痕、製造足夠血跡掩飾公園不是第一現場——但是爲什麼她要燒了死者的臉和手指啊？」逃開過於沉重也沒有解答的話題，阿碩往小佳盤中夾了一片松阪豬：「難道她眞的恨她恨到這種地步？」

將還冒著熱氣的豬肉片塞進嘴裡，小佳瞥了大吾一眼，見他不打算開口，她一面大口咀嚼一面說道：「爲了誤導我們，死者是在『外面』被殺害的。」

「那跟燒掉死者的臉和手指還是沒關係啊——這麼做反而更容易讓人懷疑吧？我們不就是因爲這樣，才會一開始就朝『仇殺』方向偵辦？」

「她一定得這麼做，因爲——」小佳搓了搓自己的臉頰，帶著點自我調侃的意味說道：「因爲她不會化妝。」

「怪不得——」

如果外出，高鈺茹一定會化妝——

如果讓高鈺茹素顏，一定會被警方懷疑；但如果化了妝，她那拙劣的技術一定會立刻被看破手腳——經過層層思考和權衡，劉湘芹最後想出這個方法。

不過也可能，她打從一開始就做好被逮捕的打算。小佳想起從她房裡搜出的那些「剪報」——與其說是剪報，實際上只有高鈺茹的照片被剪了下來。身份一旦變成「被害者」以後，女性的特質彷彿都被沖淡了。

和那天在咖啡店裡光彩奪目的劉湘芹相比，讓人不由得懷疑，之所以以這種手法犯下這起案件，或許只是一名女人爲了一個單純的目的：她是想以「比朋友更美」的樣子出現在世人眼前。

「不過……該說是倒楣……還是天意呢？」

「怎麼說？」小佳看向穆一維，對他的感想著實感到好奇。

「如果她不是急著動手的話——」

啊——小佳明白穆一維想說的是什麼了。

高鈺茹最近爲了貸款的事經常晚上出門，如果劉湘芹再有耐心些，等到某天她化妝赴約——不……更簡單的方式，是趁她剛從外頭回家的時候……

「殺人如果忍得住，還要警察幹嘛？」阿碩忽地冒出這句話，然後害臊抓了抓鼻頭解釋道：「啊、這、這不是我說的——是韓平學長以前說過的話。」

「想也知道你說不出這種話。」穆一維意味深長說著，眼神飄向安靜坐在靠牆那側的大吾：「不過你這次還眞是走了一步險棋啊……」

其實阿碩第一次上門時的那張搜索票是假的——和周檢不同，劉檢向來喜歡在申請搜索票一事上刁難員警，他的理由是：這種程度的證據提出去只會讓法官看笑話。他斤斤計較就是爲了早日當上自己口中的「那種」法官。

所以大吾才只好反其道而行，先蒐集到證據「說服」自己人以後，再光明正大拿著搜索票重返命案現場，取得能夠呈上法庭的「合法證據」——因爲非法取得的證據，即使是殺人鐵證，也無法經由正式的管道伸張正義。

就這些層面來看，國家的法制顯然還有很大的瑕疵——不只要對抗兇手，更多時候還要和「自己人」周旋。綁手綁腳造成行政、人力資源浪費暫且不提，還有很大可能讓原本得以破案的黃金時機白白錯過。

之所以說是「險棋」，在於這種作法有執法上的瑕疵，若眞被拆穿披露、追究起責任來，很有可能下半輩子的官途全都斷送於此。

「你同學呢？」大吾吐出今晚第一句話。

又一次，他把很多想說的心聲呑回肚裡。

除了無法輕易改變現況的無奈外，也是因爲至少還有身邊的他們懂。

「他啊？」捧起熱呼呼的蕎麥茶：「好像不做了吧——眞是個沒有毅力的傢伙。」穆一維撇了撇嘴說道，低頭啜了一口，小佳沒有看漏從他唇角淡淡泛起的笑容：「不知道跑去哪裡了……」

第三者

1

今天的雲亂得不像話。反射性掐緊手中的易開罐炭燒咖啡，韓平忍不住心想。

「我以前也喜歡看雲。」檢察官周書彥打斷韓平的思緒。他手上抓著一瓶法國進口的礦泉水。

這是哪門子言情小說的俗套對白——韓平側過身，挑起眉尾瞥向身後的周書彥，不由得在心底暗自嘀咕：這傢伙不曉得站在那裡觀察自己多久了。

周書彥緩緩踱到明亮的大扇落地窗邊，和韓平並肩而立，壓低頸子，瞇細眼望向藍得發光的天空：「升旗典禮好無聊，念中學的時候，每次站在台下，我就想——要是能變成雲該有多好。」他逕自回憶道，完全不理會對方想不想聽。

「你廢話還是一樣多。」

周書彥無聲一笑，喀啦喀啦扭開瓶蓋，啜了一口瞄向韓平：「跟你說過——少喝含糖飲料，都老大不小了，要有點養生觀念。小心我去告狀。」

眞囉嗦。韓平索性轉移話題：「你那邊怎樣？」

「不怎樣。」扭上瓶蓋，將礦泉水擱在一旁平台上，周書彥摘下眼鏡，按了按鼻樑，嘴角浮現苦笑。

「嘖。」韓平用力抹了一把下顎，這是他表達情緒的慣常動作，接著低聲咕噥道：「這傢伙——」

「你那邊也——」

「也一樣。」韓平接過周書彥的話。

「這還是我第一次遇到這麼詭異的情況。」周書彥戴回眼鏡，看向韓平，微皺著眉。他有一對修剪整齊乾淨的眉毛，眉尾稍稍上揚，給人一股神清氣暢的颯爽感。髮型參考韓系明星，還有總是穿著一身貼身窄版西裝，簡直就像是從流行雜誌裡直接走出來的模特兒。

除了這幾項條件以外，再加上才剛滿三十歲，又是前途一片錦繡光明的檢察官——自然是全台中檢警單位裡頭眼下最搶手的黃金單身漢。

「等你資歷超過二十年再說這種話也不遲。」

「難道你就遇過？」周書彥不甘示弱反問道。見韓平默而不答，他緩緩別回頭，看向潑墨山水般亂雲散佈的天空，吁出長長一口氣後說道：「這還是我第一次——遇到兩個人同時搶著當兇手。」

2

中午休息時間，韓平和周書彥在三樓休息室一面吃著附近自助餐店的排骨便當，一面抓緊時間討論案情；一旁正在補眠的阿碩聽到交談聲，從沙發上坐起身來，反手拖了張椅子跨坐，好奇擠到兩人中間。

「所以……現在的情況是，有兩個嫌疑人搶著……搶著當兇手？」鑑識科阿碩一臉困惑，抓了抓臉頰自顧自嘀咕道：「這也未免太奇怪了吧？」

「你才奇怪，沒事總喜歡往中打跑。局裡不好啊？小心我跟你們豹子頭打小報告！還有，據我所知，這現場不是你負責的吧？」周書彥連珠炮似的說道。

周書彥口中外號「豹子頭」的人，指的是台中市政府警察局局長，林沖——同時也是他的舅舅。

剛醒來的阿碩一臉惺忪，跟不上對方虧自己的語速，也沒聽出周書彥其實是在反問，擺了擺頭，認眞答覆道：「是一維學長負責的。」

聽到穆一維的名字，便膝關節反應般立刻聯想到另一個人：「『那傢伙』是不是又說了什麼？」這回輪到韓平提問。

「一維學長？他沒說什麼……」

韓平口中的「那傢伙」指的當然是——周書彥按住阿碩的肩膀：「他問的，是靳大吾。」

「大吾哥？大吾哥說這件案子很有意思……」

果然。那傢伙就是按捺不住對所有案件的好奇心。周書彥和韓平心中同時浮現相同的念頭。

阿碩突然瞪大眼睛驚呼道：「大吾哥他——該不會、該不會早就猜到會是這種狀況吧？兩個人搶著當兇手……」

「不。」周書彥斷然說道：「我想他之所以會覺得有意思，應該是在一維那邊看到了這張照片。」

「照片？」

周書彥抓起蓋在桌上的手機，滑開螢幕點開照片，撥弦般，指尖俐落一勾將螢幕轉向阿碩。

那是一張三人合照，背景是水上樂園，兩名穿著泳褲、二十歲上下的青年中間夾著一名個頭嬌小的短髮女子。女子笑得很開心，露出小巧虎牙——這是此次命案的被害人。至於搶著承認殺了這名女子的，則是簇擁在女子左右兩旁同樣笑容燦爛、充滿陽光氣息的青年。

當初拍下這張照片時，大概沒人能料想到今日的發展。

女子名叫廖宥雅，四十二歲，由於長相清秀體態輕盈，看起來比實際年齡年輕許多，說是二十三、四歲大概也不會有人懷疑。她在那兩名青年就讀的私立大學就讀博士班，同時擔任他們系上大一經濟學概論的ＴＡ。

今天早上天才剛亮，兩名青年前來自首：兩人都宣稱自己殺了廖宥雅。

警方趕到廖宥雅租賃的公寓套房，發現陳屍在床上的廖宥雅。她雙手高舉趴臥在床，腹部被刺了五刀，像是被宰殺的魚，血水流淌整幢床單——其中刺破內臟的兩刀為致命傷。

「我們在死者皮夾裡，另外發現了這張照片。」周書彥說著，纖長手指探向螢幕，往右側一刷。那是廖宥雅和其中一名青年的合照，背景是騎樓，從門牌看來似乎是台中港路二段一帶。兩人脖子共用同一條桃紅色圍巾圈圍起來，臉貼著臉，嘴唇幾乎要碰到一起，關係顯然不單純：「我們懷疑，廖宥雅在和這個人交往。」

「可是……」阿碩遲疑語氣其來有自，他伸手滑動周書彥的手機，畫面俐落返回前一張照片，忍不住咕噥道：「可是這兩個人長得……」

「長得一模一樣。」韓平作出結論。

那個讓他和周書彥兩人之所以煩惱至今的結論。

「他們是同卵雙胞胎。」用筷子在半空中劃著圓圈，周書彥接續說道：「所以想要找出兇手，我們必須判斷他們兩兄弟，誰才是那張照片裡，和廖宥雅臉貼著臉的人。」

3

「他們兩個……都堅持自己就是這張照片裡的人？」情況匪夷所思、前所未見，阿碩再度確認，眼睛睜得老大，頻頻滑動照片來回比對。

「非常堅持。」語畢，韓平垂眼瞥向便當，忍不住噘嘴低聲抱怨道：「不是說不要放黃蘿蔔了嗎……」

周書彥難掩笑意。

「這對兄弟還眞的長得……一模一樣……」阿碩還是瞪著眼睛、眨也不眨，像在玩《哪裡不一樣》之類的手遊，依然不放棄用肉眼找出兩人的差異之處：「不行——要是有什麼系統能進行更精密的比對就好了……」

身爲鑑識人員的他不禁有此感慨。

「那種玩意兒，國外應該有吧？CIA、MI6還是KGB什麼的——戲不都這樣演嗎？搞得好像所有最尖端的科技都在那裡面。」韓平語帶諷刺說道。比起科學辦案，他還是傾向於磨破皮鞋的那種類型。

「說不定眞的和電影演的一樣……就跟最先進的科技往往來自軍事，就算以後來自娛樂——甚至是遊戲，我也不覺得有什麼奇怪。」說到這裡，周書彥若有似無聳了一下肩膀；然而和韓平的揶揄不同，他認眞順著這話題談論下去：「不過就目前的條件來看，這起案件的層級恐怕無法讓對方提供協助。」

所謂的「對方」，指的是遠在天邊、連想像起來都費勁的國外情報單位。

儘管現實，但他所言的確是實話，是大多數國家的執法現況：在能力和資源有限的條件下，各方面都必須分出輕重緩急。

人命是有價差的。

韓平瞄向周書彥，心想這傢伙眞的很實事求是——太實事求是了。總是對自己偶然興起胡說八道的內容深究起細節來。

「有沒有可能……有沒有可能……」阿碩似乎打一開始就決定不攪和進兩人的話題，他專注思索著眼前難題。

「死者腳踏兩條船？」見阿碩似乎擔心對被害者不禮貌而支吾其詞，周書彥乾脆幫他把話說完：「當然有可能。」

「但是照片裡的人，肯定只有一個。」韓平指的是和廖宥雅臉貼臉合照的那名青年。他皺起臉，一臉嫌惡將切成半月形的黃蘿蔔夾到便當蓋上。

「不過說到雙胞胎……我以前讀小學的時候，班上也有一對雙胞胎……也是兄弟。一開始，眞的覺得兩個人一模一樣……不過看久了，就能分出來了。」阿碩分享自己的經驗。

調查陷入僵局時，從自身的經驗著手往往是最好的切入點。

畢竟案件終歸到底，是由「人」來查的。

「那不是看久了的緣故，是因爲相處久了——也就是說，一個人認識另一個人，很多時候不僅僅是靠外表或者聲音，而是『感官的總和』。」周書彥說起這番話來，一時間讓阿碩以爲是一維學長上身。

「對於一個人的認知，來自於感官的總和……」阿碩呢喃著。

「有慧根！」周書彥又往他肩膀拍了一下。

「周、周檢說得有道理——不過你們知道嗎？最好笑的是，還是有好幾個同學怎麼都搞不清楚他們到底誰是誰……就會去扒他們的衣服！」

「扒衣服？」韓平一個不留神，差點又把黃蘿蔔給夾起來。

「他們其中一個、當中的哥哥，說是哥哥，其實也才早出生三秒鐘——背上有一塊很大的胎記！」

「眞可惜，不能叫照片裡的這傢伙把衣服脫下來。」

「脫下來還是沒用——從游泳池那張，也看不出來他們的身體有什麼明顯的特徵能夠用來辨別。」周書彥抓起寶特瓶，按住瓶蓋。

「說不定他們當中哪個背上也有胎記。」

周書彥咧嘴一笑，從瓶蓋鬆開手，滑回兩人圍著桃紅色圍巾的那張照片：「然後再叫他把衣服脫了轉過身去嗎？」

「韓平學長又在虧我了！算了、那……那我們先不管照片——」阿碩冷不防伸出手，鑽進周書彥掌心，將手機翻面蓋住桌面：「現場呢？『現場』說了什麼話？」

「『現場』說了什麼話——」周書彥莞爾一笑：「你眞的很崇拜大吾。」

不過這也難怪——畢竟靳大吾可是全中部打擊犯罪中心裡，破案率最高的偵查員。

被周書彥這麼一說，阿碩不置可否摳了摳臉頰。

反倒是韓平出聲解圍，不曉得是不是大吾的名字觸動到什麼開關，將便當往桌上一放，他抹了一把臉，正色說道：「根據法醫解剖的結果，推估死者的死亡時間，是昨晚十二點到今天凌晨兩點之間。凶器是死者房間裡的水果刀，是廖宥雅的東西。」連腰桿都打得更直。

「水果刀……死者自己的……是臨時起意嗎？衝動殺人……」

「情殺或者仇殺的可能性很大。」周書彥輕巧點著頭：「因爲死者房間很整齊，貴重物品也都還在。」

「所以可以推測，兇手是死者認識的人。」韓平重新捧起所剩不多的便當。

阿碩皺了皺鼻頭，像是想打噴嚏卻遲遲打不出來的小狗：「但是只因爲推測死者認識兇手……還有、還有那兩張照片，就斷定他們兩兄弟其中一人是兇手會不會……會不會太——」

「你以爲只有這樣？」打斷阿碩的話，韓平瞄了他一眼，臉埋進飯盒撕咬一口排骨，抬起頭一面大口咀嚼一面說道：「我偵辦第一起命案的時候，你小學都還沒畢業吧？」

阿碩頓時無言以對，周書彥依舊掛著從容不迫的笑容，清了清喉嚨，這回輪到他緩頰：「鎖定他們最關鍵的一點……在於兇器水果刀上，發現他們兩兄弟的指紋。另外，根據他們的供詞，昨天晚上，他們和廖宥雅三人，在廖宥雅賃居的套房一起吃披薩收看Les internationaux de France de Roland-Garros——」

「Les、Les……」阿碩唸不出來。

「Les internationaux de France de Roland-Garros。我查過，是法國網球公開賽。你知道吧？」周書彥看向韓平。韓平是個體育狂，常常日夜顚倒、生活作息大亂爲了收看歐美球賽。

「不知道。我不看網球，還有高爾夫。」

「總而言之，案發那晚，他們三人一起收看法國網球公開賽轉播，男單十六強賽。看完比賽，三人一直聊天聊到快十一點才解散……兩兄弟的說法到這裡開始產生分歧——」

「張浩佑——也就是哥哥，說自己和弟弟在大墩路和大墩十街那邊的交叉口分開後，又偷偷折返回去殺了廖宥雅。理由是，他發現廖宥雅背著自己，和弟弟張浩佐有一腿。」韓平放下空空如也的便當，用手背擦去嘴唇油光：「張浩佐的說法，則和張浩佑完全相反——他說自己是廖宥雅的男朋友，哥哥才是她的劈腿對象。」

周書彥接棒補充調查經過：「我和韓平清查了死者和兩名嫌疑人的關係，同學、同事，甚至是朋友，但是——沒有任何人知道廖宥雅和他們的感情狀況，只知道廖宥雅和他們很聊得來、也很照顧他們……不只是課業上的關心，偶爾也會一起出去玩。」

「所以才會有這張照片吧……」阿碩嘀咕道，垂眼注視著那張三人在水上樂園的開心合照，心想這樣的畫面已經徹底成為過去——想像著那些素昧平生的人的故事，他驀地陷入某種情緒。再回過神來時，他抬眼望向兩人：「如果……如果他們都沒說謊，那麼說謊的人，會不會……會不會……會不會是廖宥雅？」

「我不確定死了的廖宥雅有沒有說謊，不過我可以肯定那兩兄弟沒有說實話——」穆一維一踏進休息室便一股腦兒說道，從阿碩手上搶過手機：「果然又溜到這裡——自己的案件都處理不完了還淌渾水！」他沒有往阿碩後腦杓來一掌，而是滑到案發現場的照片，螢幕轉向韓平和周書彥，指著畫面中擱在和式桌上的三只玻璃杯：「裡面裝的是啤酒。」

「Cantillon Gueuze，一款比利時啤酒，喝起來有點酸。」周書彥舔了舔薄唇說道。

穆一維摸了摸喉結附近的那撮小鬍子，雙眼射出利光：「死者體內，沒有驗出酒精反應。」

「沒有驗出酒精反應……」

扭頭瞥了阿碩一眼，穆一維再度轉向韓平和周書彥，三人異口同聲：「現場還有另一個人。」

4

「我還是想不通。」

「不意外。」站在飲水機前，扭開保溫瓶瓶蓋，穆一維調侃道：「都說你是笨蛋還不信。」

阿碩仰躺在沙發上，歪著頭咕噥道：「為什麼辨別出照片裡的人是誰，就可以找出兇手啊？還有、到底要怎麼做，才能知道照片裡的那個人是死者的男朋友還是劈腿對象呢？」

「不重要啊！」和大吾搭檔的年輕偵查員小佳突然從阿碩頭頂上出聲，讓他著實嚇了一跳，差點從沙發上摔下來。一旁的穆一維忍俊不禁，小佳倒是泰然自若說道：「因為不在照片裡的人，就是兇手——我猜韓平學長他們應該是這麼想的。」

「不在照片裡的人……就是兇手？」阿碩眨巴著眼睛望向小佳。

「不要告訴大吾學長喔！如果被他知道……一定會覺得我又開始跳躍性思考了——」

大吾這傢伙還有臉說別人跳躍性思考啊——穆一維偷笑心想。

「畢竟連命案現場也沒去過，實在不適合發表什麼『高見』……」見阿碩睜大眼睛，用力抿緊唇，小佳咧嘴笑開繼續往下說道：「假設那張照片，確實是行兇動機——和死者廖宥雅臉貼著臉、圍著圍巾一起合照的人，不可能不知道那張照片的存在吧？『嫉妒』這個行兇動機也就不成立了。還有一個更簡單直觀的理由，如果照片裡的人就是兇手，行兇後鐵定會把照片抽走吧？」

「這不失為一個好的切入點，但不能是唯一一個切入點。」這回輪到小佳嚇了一跳，她聳起肩膀扭過頭，和站在門口的大吾對上視線。不等對方開口，大吾壓低臉，吸著抓在那隻大手中的藍白色鋁箔包保久乳。

5

「那兩個傢伙一定串通好了，說詞一模一樣。」韓平瞪著仍然亂七八糟、毫無章法的雲，從喉頭擠出嘶啞聲音。

「也長得一模一樣。」信步來到韓平身側，周書彥揶揄道，隱隱約帶著點自暴自棄的意味。

「還是……沒有突破？」從休息室出來的阿碩，在走廊上撞見正在交談的兩人，他小跑步過來。

「你睡到剛剛啊？」韓平粗聲說道。

「嗯……有點累，昨天晚上——」

「另一個人是他們的媽媽。」周書彥插嘴道。

「另一個人？」

「那罐啤酒啊。」韓平不耐煩咕噥道，一臉「你也未免太狀況外」的表情。

「他們口徑一致，都說昨天晚上，是想介紹女朋友給媽媽認識，所以才會相約看球……先前之所以刻意不提到媽媽，除了不想讓她擔心難過，也覺得沒有必要，因爲廖宥雅是在大家解散離開以後才被殺的——不過這樣就可以起訴他們了。」最後他冷不防說道。

韓平斜睨周書彥一眼：「根據刑法第305和306條規定，在刑事訴訟中，對案件重要情節隱匿罪證或協助、威脅、引誘證人作偽證的，處三年以下有期徒刑或者拘役——這點程度的法律，對眞相根本一點幫助也沒有。」

「不愧是警大研究所肄業的。」

「廢話眞多。這是常識吧？」像是想忍住笑，韓平扯動嘴角，別過頭，目光穿過落地窗，朝底下抬了抬下顎。

「人帶來了啊。」周書彥嘀咕道。

「誰啊？」阿碩揉了揉泛出水光的眼睛，也好奇湊到窗邊看。

只見一名女性員警帶著一名年約五十來歲的女人穿過鐵閘門，緩緩朝這邊走來。不一會兒，便隨著逐漸收斂的下顎沒入視線，進入他們身處的這座堡壘。

6

「浩佑浩佐他們……他們沒事吧？」坐在略顯陰冷的偵訊室內，女人看起來有些緊張，像是被黑暗夾住，兩側肩頭往內縮，椅子因爲身體細細顫抖和地板碰撞出斷續幽微聲響。

女人名叫王曉雯，在某國中擔任校護，視覺外表比實際年齡蒼老許多，看不出上個月才剛滿四十。

「不用擔心，他們目前沒事，正在協助檢警進行調查，這邊有件事想先請您幫忙……」周書彥露出微笑，試圖讓對方放鬆下來以利後續偵查；接著將照片壓在桌上，慢慢推到王曉雯面前，放輕聲音問道：「想請教您一個問題，這張照片裡的人——是浩佑還是浩佐？」

王曉雯身子往前傾，瞇細眼睛，看了好一會兒，咕噥道：「浩佑……不……是浩佐……」擺晃著腦袋：「不……好像是……」

韓平和周書彥相視一眼。

「這張照片是誰怎麼了嗎？他們……他們到底發生了什麼事？」她的聲音因激動而顫抖，雙手情不自禁按住硬冷桌面。

「廖宥雅死了。」韓平簡單俐落回答。

王曉雯眼神頓時渙散，胳膊發軟向兩側凹折：「宥雅她……死了？為、為什麼……怎麼可能？」

「很抱歉，偵查不公開。」周書彥心平氣和說道。

「他們、他們眞的沒事吧？沒有受傷吧？我可以看一看他們嗎？讓我看一看他們。」

「不好意思，目前還在偵查階段，請您先針對問題回答。」周書彥用指頭輕輕敲了敲桌面上的照片。

王曉雯明白周書彥的意思，好不容易將紊亂呼吸平息下來，她放低頸子揪著眉頭，又看了照片好一會兒：「不好意思，我還是……還是沒辦法確定……」她抬起頭，一臉愛莫能助的無辜表情。

「這樣啊——」

「沒辦法確定？還是妳不想確定？」雙臂扣在胸前的韓平，突然瞪大眼睛說道，音量一時間控制不住壓過周書彥的聲音。

王曉雯把身子縮得更小，周書彥連忙安撫道：「沒關係、不用在意，您不用緊張，請再仔細看一下，一定可以看出來的——」畢竟妳是他們的媽媽啊——最後這句話周書彥憋在喉頭沒有說出來。

「媽媽」這個稱呼，對他自身來說，有著過於深刻的意義。

王曉雯自疏淡眉間擠出筆直深刻的皺痕，彷彿那張臉隨時會從那道縫隙裂成兩半。又看了一陣，她還是抬起臉望向對面兩人，搖了搖頭。就在連周書彥也難掩失落之際，她不由自主呢喃道：「如果……如果是我姊……一定、一定能認出來……」

韓平沒有聽漏這句話，眼睛旋即一亮，雙手自隆實胸膛上鬆開，掐住大腿將椅子往前拖拉發出刺耳刮磨聲響。

「其實他們兩兄弟……不是我親生的……他們是我姊的孩子。我姊和姊夫，十八年前過世了，車禍撞上護欄。」

周書彥低垂眼神，和自己說話似的嘀咕道：「所以現在全世界能辨別他們誰是誰的，就只有他們自己了嗎……」說到最後，他不自覺從鼻腔深處緩緩催逼出綿長氣息。

7

「在想什麼？」

「沒想什麼。」

「你現在，想怎麼做？」見韓平沉默不答，手肘靠在窗框上的周書彥，索性兀自接續說道：「乾脆把他們兩兄弟一併起訴好了，畢竟水果刀上只有他們兩人的指紋——說不定是共犯。不，根據證物、還有他們今天的供詞和不配合的態度，我有把握，法官肯定會支持我們的說法。」

「那邊那朵雲，這樣看起來像是兔子，這樣看起來卻又像是鴨子。」韓平突然無厘頭說道，邊說邊扭擺脖子。

「拓撲學啊——」周書彥習慣了偶爾會冒出奇怪話語的韓平。

「拓撲學？」韓平瞥了周書彥一眼，顯然是第一次聽到這名詞。

「明明相同是雲，卻長得不一樣……那邊那朵長得像兔子和鴨子，這邊這朵長得像大象和帽子。」周書彥望向天空沉吟道，雲還是跟中午看到的一樣亂——他不禁心想。

他知道韓平絕不會和自己一樣聯想到《小王子》。其實他很痛恨那本書，小時候被媽媽強迫讀法文原著，似乎要證明自己和她一樣擁有學習語言的天分。想到這裡，像是想驅散酸澀回憶，他挺起胸膛，深呼吸一口氣，注視自己倒映在玻璃窗上的清淺身影，苦笑說道：「不過在這起案件裡，情況卻相反過來，明明是不同的人，卻長得一模一樣。」

「明明是不同的人，卻長得一模一樣……」韓平咕噥重複周書彥的說法，覺得自己似乎遺漏了什麼——遺漏了什麼很重要的線索，而那明明就眼睜睜擺在自己面前。

他慢慢閉上眼睛，緊緊繃住眼角勒出深刻紋路，指頭反覆摳抓那道將右眉一切爲二的舊傷刀疤。

周書彥專注看著他的側臉，知道這是韓平陷入深沉思考時的神情——他正在動用自己全身上下所有感官。

他相信這個男人有著不輸給大吾的某種特質。

下一秒，韓平忽然間掀亮雙眼，像在闃黑幽長的隧道中打開車頭大燈。他抓起平放在窗台上的資料夾，抽出照片——那張以騎樓爲背景、男女兩人臉貼著臉的親密合照。「還有另一個人。」他說出和中午一模一樣的話。

8

「廖宥雅她——是妳殺的吧？」韓平直視著對坐在另一側的王曉雯說道，音質厚實，雖然看似是疑問句，口吻卻十分肯定。

面對韓平的指控，王曉雯遲遲沒有回應，只是低垂視線注視著桌面，像是想把那裡看穿看出一個洞似的。

王曉雯抬起下顎，目光落在周書彥身上，表情出乎意料柔和，不像是幾個小時前曾在某個女人身上狠狠刺了五刀。

「人是我殺的。」王曉雯坦承，字字清晰。

在眞實事件中，要突破兇嫌心防、讓他們招供，並沒有影視戲劇中所表現的那般艱難與複雜，鮮少出現充滿爾虞我詐的心理攻防，或者情緒上的試探角力——令人感到棘手的、檢警眞正的敵手，其實是律師。

和過往不同，近年來對於自身權利理解有高漲的傾向，人人不時在各種場合嚷嚷著要伸張捍衛自己的權利。

這自然沒有錯，然而身處第一線的偵查人員，親眼目睹的，往往是那些犯下罪行的人，愈懂得法律、愈懂得如何主張自己的人權。

「爲什麼要殺了她？」周書彥質問道。

王曉雯再度別開視線，陷入比之前更漫長的沉默。

「是因爲這張照片吧？」語氣依舊不是疑問句。宛如出鞘的劍，韓平抽出照片，按在桌上，用力推向王曉雯。

「這張照片裡的青年，不是浩佑……」周書彥一面說道，一面用指尖輕輕點了點照片，停頓半拍才把話說完：「只不過——也不是浩佐。」說出口後，他突然感覺到一股強烈的不眞實感。

方才在窗邊聽完韓平的推理，這種感覺同樣強勁到教人身體忍不住顫動。直到資料蒐集完整，拼湊出一切眞相後，他才發現自己的心跳又急又亂，才在走向偵訊室的這段路程中，趕緊讓自己冷靜下來回頭重新審視這起案件。

周書彥快速舔了一下乾燥的嘴唇：「這個人……是張瀚中，更精確的說法——是二十歲的張瀚中。也就是妳的姊夫，張浩佑和張浩佐的爸爸。」

王曉雯怔怔看著周書彥，最後將視線移向韓平，像是在問他：「你是怎麼發現的？」

周書彥瞥了韓平一眼，見他似乎不打算說明，於是只好由自己爲這一切劃下句點：「這張照片裡的門牌——台中港路二段，二〇一三年以後，這裡已經不叫台中港路二段，而是台灣大道三段。張浩佑和張浩佐目前就讀大一，他們和死者認識頂多一年，所以絕對不可能拍下這張照片。」

「那條圍巾……桃紅色的圍巾……是我姊織的……那傢伙、那傢伙居然敢說桃紅色是他最喜歡的顏色……」

周書彥順著她的情緒低聲說道：「我調閱了那場車禍的相關資料，當年坐在駕駛座上的人，是王曉莉……那場車禍——」

並不是意外。

「那女人搶走我姊的老公，現在又要來偷她的兒子……這種事——這種事我無法原諒。」

9

相偕走出偵訊室，韓平和周書彥一眼便看見站在宛如全身鏡般落地窗前的大吾。手上空無一物的他，雙手插在口袋裡。

韓平轉過身，往走廊另一端的廁所走去。

「你什麼時候覺得事有蹊蹺？」走往和韓平相反的方向，周書彥來到大吾身後。

「那把水果刀，只有張浩佑和張浩佐的指紋。」大吾望著天空說道：「但那明明是廖宥雅的東西。」言盡於此，他俯低身子，視野陡然往城市上方延展開來，納進更多天空，咕噥道：「那朵雲長得好像羽毛。」

真相

1

「你幹嘛一臉心安的模樣。」周書彥瞇細鏡片後的眼睛，意味深長說道。

「誰心安啊——這裡是命案現場。」韓平反駁道，朝底下陰暗樓梯間努了努下顎，身穿深藍色、挾帶些許反光制服的鑑識人員在死者四周來去蒐證，狹窄空間迴盪腳步聲和機械操作聲響的細微回音，一股緊繃氣氛瀰漫開來。他按下開關，隨即扳回來，咕噥道：「壞了啊……」不死心，又試了一次，燈泡還是靜悄悄的沒有反應。

「應該很快能偵破，不是情殺，就是仇殺，機率大概是六比四。」

「有說等於沒說。」韓平自顧自蹬下階梯。

「學長。」鑑識員阿碩起身，往後退兩步騰出空間。

「蒐證結束了？」周書彥後發先至問道，聲音從韓平頭頂上方越過。

「結束了，檢座。」

「死因是這個？」

「初步判斷，死者背後三刀為致命傷，死亡原因為刺破內臟造成的創傷性血胸——至於有沒有毒物反應，又或者其它死因還要經過進一步解剖化驗才能確定。」死者趴臥在地，佈滿皺褶的素色襯衫暈染一大塊怵目血漬，像是別滿了國小母親節慶祝活動時的暗紅色康乃馨。

「辛苦了。」周書彥朝阿碩舉了一下手，而後順著韓平的視線看過去，眼睛釘在掉落在更陰暗角落的刀子上頭。刀身不長，沾滿血液，從血中反射出一道橫光，宛如一尾肉身飽滿的香魚：「這就是兇器吧？」

「目前推測是，但還要——」

「穆一維把你教得很好啊。」周書彥打斷阿碩的話，抿唇一笑，削薄的嘴唇拉展開來頓時益發細嫩。

「這種顯而易見的事，有什麼好婆婆媽媽的！」韓平說著啐一聲，走到斜躺在地上的刀前，在證物號碼牌前緩緩蹲下身來，手肘靠上膝蓋。

「有什麼不對勁嗎？」周書彥整了整西裝，來到韓平身後，俯視著他的後腦杓：「你好像很在意這把刀？」

韓平微偏著頭：「說不上來。」用力抓了抓剃成一片鐵青色的後頸。

每次都剪得這麼短，又不是小學生——周書彥暗暗想著，嘴角泛起笑意。

「可以了？」

「嗯，可以了。」周書彥回過神來，見韓平沒應聲，替他答道。

阿碩俯低身子，將沾黏泛黑呈現半凝固狀血液的刀子拾起，放進證物塑膠夾鏈袋後小心翼翼封上。

「要是上頭驗出指紋就好了。」周書彥打趣說道，看了看手錶，十點剛過，月亮和自己一樣還沒下班。

「要是這樣就太好了——」阿碩附和道，眼睛笑瞇瞇的，忍不住又說一次：「要是每件案子都這樣就太好了！」

「你乾脆說要是沒有命案就太好了。」韓平粗聲粗氣說道，厚實肩背宛如山丘般隆起，依舊背對眾人蹲著，垂頭注視著撿起刀後，地板上斷續血液框出的隱隱約約的刀身輪廓。

2

一語成讖。

這念頭從韓平心中一閃而過。儘管學生時期，國文向來是他最弱的一科，但在這行待久了，也清楚這句成語是專門用在不好的事真的發生的時候。

刀柄上驗出指紋。只有一個人的指紋。

經過比對不是死者的，那麼剩下的可能就是——兇手。

照理說，這無疑是天大的好消息，但不知怎地，從鑑識科那裡得知消息的瞬間，韓平心底不由自主浮現這個想法。

「你、你知道了吧？」難得情緒激動到結巴，周書彥語氣難掩興奮，一踏進辦公室便忍不住說道：「居然眞的有指紋——大概是行兇後嚇傻了吧？果然是衝動犯案。」

衝動犯案——他們一開始就鎖定這個方向展開調查，原因有二：一是兇器是一般廚房常見的水果刀；另一則是兇手沒有將兇器帶走。

「我認爲預謀犯案的可能性不大。」昨晚離開現場，還沒關上車門，周書彥便參加益智節目似的立刻搶答說道。

「這不是顯而易見嗎？」當時，韓平撇了撇嘴角，不置可否應道。

「眞可惜，要不是監視器壞了，一定可以馬上找到兇手。」大概是用跑的過來，周書彥側頸滲出薄薄的汗水。

「老公寓，都快四十年了。」

公寓名爲「茂柏大廈」，雖然屋齡已久，卻裝設了電梯——想來其中大概有不少戶是被作爲仲介賣淫之用的「綠燈戶」。

「確認死者身份了吧。」

口吻明顯不是提問，韓平將資料夾兜到周書彥胸前。

雖然死者身上沒有任何可以用來識別身份的證件，但前科累累，所以很快便查出身份——死者名叫彭修銘，四十六歲，曾因吸毒、酒駕、傷害甚至是公共危險罪鋃鐺入獄。

「背後刀傷果然是致命傷……」周書彥將西裝鈕釦全解開，靠坐在韓平桌邊翻閱起資料，一面低吟，忽地鬆開眉頭冷笑：「資歷很『豐富』啊……」

韓平知道周書彥此刻的心情。儘管身爲警務人員，這種話不能說出口，甚或也不應該有這樣的想法；但每當發現經手命案的死者過往從事不少犯行，他總是在心底暗自握拳叫好：「死有餘辜——」並且肯定會這樣想的人，在這個辦公室或者整個警界裡，絕對不只自己一個。

滾輪喀喀喀發出一連串聲響，韓平將椅子往後推，正準備站起身。

「要去現場？我跟你一起去。」周書彥啪一聲闔上資料夾，反應迅速從桌子彈開。

韓平沒有絲毫遲疑，逕自往門口走去，心想明、知、故、問——你不就是爲了這件事才興沖沖跑來這裡嗎？

3

這地段並不熱鬧，屋齡平均二十五年起跳，停車位還不算太難找。出於職業習慣，韓平將車停在距離案發現場一段路程的地方，對面剛好是一家檳榔攤。大概是經營不善，眼下已經人去樓空，壓克力板爬滿灰白汙漬。

「韓平——你幹嘛？」

見韓平突然改變行進方向，周書彥放聲叫住他，隨即明白原因：白天和夜晚的管理員是由不同人負責——他回想起昨晚和那名管理員的對話。

「見過他嗎？」韓平開門見山劈頭問道，朝矗立在幽闃夜裡的公寓方向撇了撇頭。

年約四、五十歲的中年男管理員緊緊靠住管理室門框，眼神閃爍，看起來還沒從方才的驚嚇中回過神來。報警的人是他，但第一個發現屍體的人不是，是住在五樓的女大學生，打工結束回到公寓，爲了減肥不搭電梯，結果在三樓通往四樓的樓梯間被嚇到腿軟，差點沒從樓梯上摔下來——她連滾帶爬來到管理室求救。

「見、見過……」男管理員擠出雙下巴，點了點頭。

「住哪一間？」

「我、我不是房東——房東人、人在國外……不過我想他應該……應該不是這裡的住戶……」

「不是這裡的住戶？」周書彥插話問道。

察覺到周書彥質疑自己的判斷，男管理員進一步解釋道：「我、我在這裡也做了好幾年了……是最近這一年才開始看到他……不、不常來，大概一個禮拜來一、兩天吧？來的時候通常是晚上八點過後，感覺很像是做粗工的……」

「這裡出入不用登記？」周書彥繼續問道。

「都幾十年的老公寓了。」

那管理室不是形同虛設了嗎——周書彥暗忖。

「他是來找哪一戶的？」這會兒，輪到韓平發問。

「這我就不知道了……」

「沒有看過他和誰一起出入？」

「沒有，這可能要問值早班的令儀——黃令儀。」

「黃令儀？」韓平出聲喊道。

坐在不足三坪窄仄管理室裡看書的女子扭頭看向韓平，緩緩眨了眨眼睛。女子看起來大概二十七、八歲左右，個頭嬌小不到一百六，氣質沉穩，似乎對韓平兩人的造訪早已經有所準備。

「見過這個人嗎？」

「見過。」韓平照片才剛從胸前口袋抽出，黃令儀便不假思索俐落答道。

韓平仍然將照片攤向對方。

「他有時候會和住在四樓的李小姐一起到巷口的早餐店吃早餐。」黃令儀冷不防跳下椅子，撥開韓平，往馬路另一頭指去。「不知道性『彭』還是名字裡有個『彭』字，李小姐都彭ㄟ彭ㄟ的叫他。」巷口電線桿旁架設了一具監視器，正當韓平猜想不曉得有沒有故障時，女子看穿他心思般說道：「那台沒壞，上個禮拜發生車禍還派上了用場。」

4

調查行動順利到令人感到不可思議。

才剛掌握關係人，便立刻鎖定兇手——從刀柄驗出的指紋，和四樓405住戶李玉凰相符。

李玉凰，就是黃令儀口中的「李小姐」。

全案至此幾乎可以宣告偵破。

深入調查，得到如下資訊：李玉凰今年剛好五十歲，晚婚，先生早逝，獨自養育一個孩子，目前在一家位於公車站附近的家庭理髮店工作。被害人彭修銘是室內裝潢公司的約聘員工，離婚單身，賃居公車站牌附近，每隔兩、三個禮拜便會光顧那家理髮店將頭髮全理平，久而久之和李玉凰搭上關係。

住在李玉凰隔壁、406號房的是一名剛退伍的青年，在後火車站附近商辦大樓裡的一間小事務所從事會計工作。按照他的說法，405號房時常傳來劇烈聲響：「聽起來好像是摔東西，大概是安全帽……還是鍋碗瓢盆什麼的，有時候還會搥牆壁……」踟躕半晌，他低垂眼神，擠壓喉嚨囁嚅道：「做愛時的呻吟聲也很大……」

「很困擾吧？」周書彥附和道，掌握對話節奏。

「困擾嗎……怎麼說呢……我倒是無所謂……反正工作量大，常加班出差，待在這裡的時間也不多……只是覺得……覺得難道他們都不用顧慮孩子嗎？如果是小嬰兒也就算了……但他可是正值青春期的少年——」

「他是個什麼樣的人？」

面對韓平突如其來拋出的問題，青年霎時怔愣了住，無法意會過來，周書彥見狀補述道：「那名少年。」

青年說少年名叫呂攸志。「體格很好，好像是籃球校隊……是個很乖、很有禮貌的孩子……你們也知道，他是單親家庭，他媽媽忙的時候也會幫忙做飯。我上次還在超市遇到他。」

「對女人動粗的男人最可惡了！」說話的是４０４號房的女子，正在放無薪假，整天窩在家裡逛網拍。

「妳怎麼知道？」周書彥適時堆出一臉好奇模樣問道。

「拜託，這裡的牆薄到連打噴嚏都聽得見——」女子一面埋怨道，一面凹起指節敲了敲：「搞不好我還能穿過去哩！」說著整個人像壁虎一樣往牆壁貼去。

「妳從來沒想過報警？」韓平板著臉孔問道。

「報警……當、當然想過……但畢竟是人家的私事……而、而且我怎麼知道你們警察可不可靠啊……我住這裡耶！說不定搞到最後倒楣的人是我——」女子大聲嚷嚷，作勢要把兩人趕出屋去。

除了這些情況證據外，最關鍵的，是李玉凰的自白——她坦承因爲無法忍受彭修銘長期凌辱毆打，才會選擇殺了他。

根據她的自白內容，昨晚彭修銘和往常沒什麼兩樣，大概晚間八點過後來到這裡。將近九點，她準備動手，於是先支開孩子——找藉口讓他出去幫忙買一些東西。沒想到孩子前腳才走，自己剛逮到兩人獨處的機會，彭修銘突然接到朋友打來的電話，說要一起吃宵夜。他匆匆收拾準備離開，她不想錯過這次機會，抓起刀追了出去。

「為什麼這麼急著動手？」周書彥問道，推了推眼鏡：「一般來說，發生計畫之外的狀況，都會選擇下次再行動……這種機會，對妳而言，要製造多少次應該都不是難事。」

「因為我再也受不了了。」李玉凰聲音冷靜，迴盪在偵訊室內，好像把空間變得更狹窄。

「妳說妳追上去——」韓平拉回先前的話題。

「我騙他說忘記帶走錢包。」

「為什麼他不是搭電梯而是走樓梯？」韓平追問道。

「他不敢搭電梯。」

「幽閉恐懼症？」周書彥推測道。

「不知道。」李玉凰搖了搖頭，看著自己的影子，興味索然咕噥道：「我只知道他不敢搭。」

5

偵訊結束，準備將人移交地檢署起訴。

「那我先回去了。」周書彥說道，向韓平抬了一下手，但對方卻心不在焉想著其它事沒有注意到自己的動作。

離開偵訊室，韓平回到辦公室，剛來到座位放下資料，椅子都還沒坐熱、易開罐咖啡都還來不及扳開，便聽見有人在門邊揚聲嚷嚷道：「Hello～各位——請注意這邊一下，外面有一個人，說要找他媽媽。」出聲的是二隊偵查員小佳，她微偏著頭一臉困惑：「大概十六、七歲，高中生，還穿著學校制服。」

「誰啊？他媽媽。」一名禿頭員警問道。

「李玉凰。」小佳說道：「木子李，玉珮的玉，鳳凰的凰。」

一旁的員警瞄向韓平：「李玉凰？不是你們今天帶回來的那個人？」

韓平瞪了對方一眼，按住膝蓋起身：「他人在哪裡？」

「在大廳啊！」小佳用理所當然的語氣說道。

韓平忽然意識到小佳是自己一個人，快步走向門口：「大吾他——」

「大吾學長在樓下，說要陪他一起等。」小佳側過身，讓韓平通過。

「這傢伙……」韓平沉聲呢喃道：「什麼事都想插一腳——」

韓平來到一樓大廳，遠遠便看見大吾正在和一名少年說話，聲音低沉聽不清楚對話內容。少年身穿淺橘色制服，後頸髮根直直豎起通體晶亮，渾身喘息汗濕淋漓，制服由裡到外濕透變得透明緊緊貼搭住肌膚。由於沒有穿內衣，透出一大塊一大塊肉色，像是赤身裸體直接裹上一層保鮮膜似的。

韓平下意識往半透明玻璃門望了一眼，時序明明已經進入秋天，少年身體散發出的熱氣，卻好像把有著毒辣日頭的夏天一瞬間又拉了回來。

「你在幹嘛？」還沒走近兩人，韓平便朝大吾扯開嗓子。

「你來了。」大吾一派從容。跟在韓平身後的小佳停在樓梯口，大吾視線越過韓平肩頭，看了小佳一眼，再度拉回到韓平身上：「那這裡就交給你了。」離開前，他輕輕按了一下少年看似要融化的肩膀：「把汗擦一擦，感冒就不好了。」接著往前邁開腳步。

小佳等待大吾一步一步往自己走近，心底不由得浮現一絲疑惑——總覺得今天的大吾學長和平日不大一樣。想著想著，她反射性看向少年，只見韓平在少年面前站定，魁梧身軀將他的身影從小佳眼底擦去大半。

6

和呂攸志簡單說明案情後，韓平步上二樓。甫走進辦公室，瞧見大吾手肘枕在自己桌子旁的隔板上，眼神專注，正在翻閱資料夾；小佳則湊在一旁一面啃著水煮玉米一面好奇窺探內容。資料夾很眼熟，正是這次「茂柏大廈殺人案」的相關調查資料。

「這不是你們隊負責的案子吧？」韓平一把從大吾手中抽走資料夾，那一頁正好是樓梯間、被害者陳屍現場的照片。

「我知道，況且，這案子已經結束了。」像是攬鏡對照韓平右眉上的刀疤，大吾輕輕摩擦著自己的左邊眉毛說道。

「幹嘛這種表情？」同坐在吧檯邊的周書彥問道。

「還是覺得哪裡不對勁。」韓平想起大吾當時的神情。那傢伙不會無緣無故——他向來不喜歡大吾，被所有人崇拜、望塵莫及到近乎警戒的大吾。

不是嫉妒，也不是其它人揣測那種非友即敵式的瑜亮情結，只是韓平認爲，在一個組織裡頭——尤其是警察體系，不應該出現「英雄主義」。所有成果和榮譽，要由「團體」共享。因爲一旦允許「英雄」存在，長期下來，一個組織不可能只有一個英雄；然而，要是同時出現兩個、三個甚至四個、五個，那就叫作「派系鬥爭」。

他知道這種情況避免不了，但就是無法讓自己習慣——或許是因爲他知道對抗的勢力愈強，到時後爆發的後果也愈嚴重。恐怕還會傷及無辜。

都在這行打滾了三十多年，還如此天眞，想要所有人都能全身而退啊——韓平不禁在心底揶揄了自己一番。

「我覺得很奇怪……」韓平忽然靈機一動。

「哪裡奇怪？」

「刀子。」

「刀子？你是說凶器？」

「既然是衝動殺人，爲什麼刀子上只有李玉凰的指紋？」

周書彥明白韓平的意思。

又是指紋啊——想起上回雙胞胎兄弟的案件，大吾也是從指紋看出端倪，周書彥不免尋思他還眞是個不服輸的傢伙。

7

換上寬鬆T恤的呂攸志顯得更爲瘦削，像是披掛著一匹毛毯似的。他直挺挺站在流理臺前，正在切紅蘿蔔，刀法俐落伴隨固定節奏，傳來陣陣刀刃和砧板輕微碰觸聲響。砧板旁的不鏽鋼碗裡層疊著方才切好的洋蔥、馬鈴薯，以及市售的咖哩塊。

叮咚——

門鈴響起同時，他放下刀，像是早已經料中這一刻的來臨。

抹了抹手，他解開圍裙，披掛在椅背上，深呼吸一口氣後走向門口。

門沒鎖，他打開門。

呂攸志頓時愣了住，第一次露出訝異的表情。

來的人和自己預想的不一樣。

不是韓平，而是大吾。

呂攸志讓大吾進門，發現小佳也跟在後頭：「打擾了。」她輕聲說道。

他倒了兩杯水，小佳說道：「謝謝。好香，是咖哩嗎？」她踮起腳尖、伸長脖子望進廚房。

「對，妳好厲害，我咖哩塊都還沒丟進去。」呂攸志的模樣有些靦腆，也跟著往後看。

「我鼻子一向很靈。」

少年微微笑了笑。

「你放咖哩塊的時候有沒有記得熄火？」熱愛烹飪的小佳突然認眞和他談論起咖哩。大吾倒也沒制止她的打算。

「熄火？」

「不要先急著放。等熄火後，再把咖哩塊放進去攪拌，口感會整個不一樣，非常綿密喔——你下次一定要試試看！」

面對小佳的熱情，少年似乎不知道該如何應對——因爲警察上門，總不可能是專程來找自己聊料理的吧？

看來要進入正題了——少年在大吾和小佳兩人對面的矮椅坐下，抿唇咬了咬下嘴唇：「請問你們今天來……是因爲案情……是因爲案情有什麼新的進展了嗎？我說過，我媽她不會殺人的！相、相信我……我媽她——」

「不用再演了。」大吾打斷少年的話，口吻不帶絲毫情緒。不用再演了。大吾定然的眼神把這句話又無聲重複了一次。

「演……演什麼？」少年吞下一口口水，眼神飄忽。

「演『自己才是眞正的兇手』這一齣戲。」大吾直視著少年說道。

這一刹那，少年原先躁動的氣質沉穩下來，雙眼清澈，沒有半分迴避，定定凝望著大吾，回應他的目光。

「阿平他們，正在調查你當晚的行蹤。」大吾說道：「我想，再過不久，他們應該能在附近的大賣場還是五金行，調閱到你買刀子的監視器畫面——這就是你希望的，對吧？」少年沒有應聲，大吾接續說道：「你早就知道，你媽媽要殺了他，你知道自己沒辦法阻止她，所以決定用自己的方式保護她，那就是——讓自己『變成』兇手。」

少年終於有了反應，他若有似無擺了擺頭：「我不懂你的意思，我……要怎麼做，才能讓自己變成兇手？」

「你很聰明，你知道如果直接將嫌疑指向自己，經過調查以後，警方或許會懷疑到你媽媽身上，繼而發現『眞相』……所以你決定下一步險棋，置之死地而後生。」

少年靜靜注視著大吾，比起辯駁，此刻的他更想知道眼前這名男子，究竟了解到什麼地步——

「你先將『眞相』，大剌剌呈現在眾人面前，再讓眾人懷疑『眞相』的可能性，從而使眾人對『眞相』失去判斷能力——也就是說，你先讓你媽媽成爲嫌疑犯，然後再慢慢釋出疑點……讓警方懷疑案件沒有那麼單純、背後或許另有眞相，甚至誤以爲是他們自己發現了疑點……藉此將嫌疑『自然而然』轉移到自己身上。你利用的，是人心理的盲點。在心理上，大多數人傾向於相信自己曾經付出努力的事物，把『眞相』視爲報償。」

少年仍然默而不答。

「我想，若是進一步調查，不僅僅會發現你在那段時間裡買了刀，就是那把刀吧——」大吾朝流理臺努了努下顎：「還有，調閱巷口監視器應該能發現你在彭修銘遇害的那段時間裡，其實已經回到公寓附近，而且沒有不在場證明。至於你爲自己準備的犯罪動機，則是衣服底下的傷痕——今天下午，你在來我們大隊之前，刻意讓自己流了滿身大汗，好讓我們發現你身上的瘀青，推論『這名少年曾遭到被害者毒打』。」大吾頓了一下，握住水杯一口氣灌掉半杯，緊接著說道：「但是你思慮最細緻的，是命案現場的佈置……你刻意把插在彭修銘身上的刀拔出來——『把凶器取出，卻沒有帶離開犯罪現場』不符合常理。你知道檢驗過後，那把刀只會檢驗出媽媽的指紋，所以必須強化那把刀的存在感，利用『警方發現這把刀上應該也要有你的指紋可是卻沒有』這件事，成功將焦點轉移在自己身上。」

「不過他怎麼知道刀上沒有自己的指紋？」小佳提出疑點。

「爲了怕連累孩子，李玉凰在行兇前擦拭過刀柄——我想，也是因爲這個舉動，讓他發現了媽媽打算動手，所以才會計劃出這一切。」大吾目不轉睛看著少年：「她是因爲你，才殺了他吧？你身上的那些傷——」

「你爲什麼會有這些推理？」少年打斷大吾的話，嘴角浮現淡淡笑容，將鬆垮垮的領口調整好，均勻露出兩側鎖骨：「如果我告訴你……自己趕到樓梯間的時候，那個男人其實還沒死呢？」不等兩人追問，他抿出更深的笑容，隨即又說道：「你認爲自己眞的有辦法知道眞相是什麼嗎？」

想讓你知道

1

「貓？爲什麼不交給消防隊處理啊？」還沒踏進校園，小佳便忍不住撇嘴說道。她用掌心搓揉佈滿血絲的眼睛，似乎昨晚沒有睡好。

身旁大吾沒有應聲，腳步沉穩，雙睫低斂，不曉得在思忖些什麼。

「現在說這種話，小心會被說浪費社會資源喔！」迎上前來的阿碩說道，將後方帽沿轉至前方，這是他結束現場蒐證時的習慣動作。

「消防隊是社會資源，警察就不是嗎？」小佳斜睨阿碩一眼。

「這次情況……和平常不大一樣。」阿碩突然遲疑了起來，偏著頭咕噥道。

「不大一樣？」小佳模仿阿碩將頭偏向一邊。

大吾沒有理會兩人，逕自往前邁開腳步——像是怕被拋下，小佳趕緊小碎步跟上去。

「妳……昨天失眠？」隨即尾隨小佳而去的阿碩，湊近她背後低聲問道，一面問的同時，指尖一面不由自主在自己眼睛周圍轉了好幾圈，差點沒把自己繞暈過去。

大吾三人馬不停蹄從開滿杜鵑花的花圃前方走過，幾名維護現場的制服員警向他們行禮，小佳隱隱約約感到不對勁，但還是回應了阿碩的問題：「熬夜看球賽啊——你沒看？歐冠決賽啊。」

「我都不知道妳是足球迷……」

「僞足球迷啦！」小佳晃了晃手笑道：「就跟那些四年一度的奧運迷、世足迷一樣，我也是看別人在看才跟著一起湊熱鬧！」

見小佳興奮到臉都紅了——還是被初升日光烘照的緣故，阿碩一時間看得入神，結結巴巴說道：「這……這麼精采？我們明年可以、可以一起看……」

「好啊！球賽就是要愈多人看、愈好看！把大吾學長、一維學長、還有宇浩都找來！」

「他才看不懂——這傢伙和周書彥一樣，對體育一點興趣都沒有。」冷不防介入的聲音直接洗臉阿碩。

「學長……」

聽到熟悉聲音的當下：「學長？」小佳放聲喊道，音量頓時將阿碩略帶撒嬌的口吻徹底蓋過去——她先是怔愣半秒，旋即下意識瞄向大吾窺探他的表情，心中的困惑一瞬間被放大好幾倍：明明只是一個封鎖線都沒有拉起的現場，怎麼會連身爲鑑識科科長的穆一維學長也出動了呢？

2

眾人圍繞在校園附設的遊樂區周遭，各個皺著眉、板著臉孔，彷彿困惑孩子什麼時候才會玩膩、才肯乖乖跟自己回家的家長。

場景雖然血腥，卻和想像中相去不遠——一隻貓仰躺在連綿山丘般凹凸起伏的沙坑裡，四肢蜷曲停格在半空中，腳尖力道好似還未卸去，想從空氣裡掏撈出些什麼似的。

並非寵物控，但拜網路之賜，小佳著實知道不少朋友有飼養貓狗。他們往往自稱爲「奴」，三不五時會在Facebook或是Instegram之類的社群平台PO照貼文。

然而，儘管對這類事物沒有特別熱衷，更不是什麼激進派動保人士——眼前的景象仍是一般人都無法容忍的殘虐行徑。

小佳在沙坑旁蹲下來，上半身往前探像隻舒展筋骨的貓：「好殘忍……」她嘀咕道。

貓的脖子被人用利刃劃開，大量血液將原本潔白膨鬆的毛皮澆軟，染成一片鮮紅。血水鮮豔得不像是眞的，要是沒湊近仔細瞧，沒看見從那道黏糊傷口裸露而出的纖細骨頭和半透明氣管，或許會以爲是有誰拿顏料對貓惡作劇。

「惡作劇……」小佳不由得脫出說道。

「如果是惡作劇就好了……」低吟聲從頭頂上傳來，無須抬頭確認，小佳也能聽出那是大吾的聲音。

但小佳還是抬了頭，爲了追問大吾那句話背後的涵義：「什麼意思？」

他方才的發言耐人尋味，似乎看見了除了這具貓屍以外，更爲深遠的事物。

大吾沒答腔，倒是穆一維說話了：「傷口只有一處，很深……目前從外觀看起來，沒有掙扎的跡象，要經過化驗才知道有沒有被下藥。」

益發詭譎了。小佳覺得穆一維的描述方式，彷彿此刻死的並不是一隻貓，而是——懷拽著疑惑，她看向站在自己身後的阿碩，一旁穆一維扭回頭，往貓開了口的脖子指了指，沒有留意到小佳的神情繼續說道：「下手非常俐落，要進一步檢驗才能比對出兇器是什麼，應該是水果刀、菜刀……」

「或者蝴蝶刀。」

「蝴蝶刀？」小佳和阿碩同時出聲，望向大吾，一雙眼睛睜得圓滾滾的。

對大吾來說，還沒熟悉「現場」，便立刻說出推論是極其罕見的情形。

穆一維定定看著大吾，嘴角終於忍不住上揚，心有靈犀說道：「我知道你在想什麼，我、主任和你想到的方向一樣——」話至此，他聳了一下肩膀，才緊接著說道：「要不然我們也不會一大清早就這麼大陣仗了……不過——還是老話一句，別急著先入為主，一切等鑑識報告出來再做判斷吧。」

3

「學長，那邊已經準備好了。」一名身穿深藍色制服的員警朝這邊跑來。

「那邊……哪邊啊？準備好了？準備什麼？」小佳一連拋出幾個問題，瞥向大吾，蹙緊眉頭表示困惑——她實在搞不懂，他和一維學長今早至今為止的怪異舉動究竟是為了什麼？

大吾依舊一言不發，半字都沒解釋，雙手插進口袋，對著員警迅速抬了一下那雙眉尾如鳥翼般飛昂揚起的粗濃眉毛，又一次落下小佳，逕自朝校舍走去。

我才沒那麼容易被甩開——小佳擠了擠唇角心想，快步追趕過去。來到大吾身旁，她彎起胳臂，用手肘輕輕戳了戳大吾，壓低聲音問道：「學長、我們現在是要幹嘛啊？」忙不迭又追問道：「是不是……是不是有什麼事我應該要先知道啊？」

在擦拭發亮反光還打了蠟的洗石子地走廊前，大吾冷不防煞停腳步，讓一旁的小佳險些來不及反應過來，連忙踮起腳尖，才不至於整個人直接撞進他寬廣的背裡。

「成峰國小命案。」吐出這句話，大吾彎身脫下皮鞋，踩著穩健的腳步踏上走廊，搶在員警動作前，左手從口袋抽出，敲了敲門。

側耳聽著門的另一端腳步聲逐漸靠近，大吾的眼角月牙般彎起，像是在用溫柔的口吻告誡員警：「你不是來做這種事的。」員警心領神會，輕輕點了點頭，將原本伸向門板的手收了回來。

警察——不，任何一個擁有崇高理念的組織都相同，所謂的「階級」，只應該反映在決策等行政方面，而不該延伸到生活中「公器私用」，形成特權甚或積習流傳的「福利」。

小佳一面滑著手機，一面用雙腳交替踩踏鞋跟，身子扭扭纏纏好一陣終於掙脫球鞋。

找到了——液晶螢幕跳出案件相關資訊。

「成峰國小命案」，發生在去年六月初夏，到今天剛好滿一年。那時小佳已經調到台中約莫半年，然而由於案發當時她剛好人在國外，又是由三隊的諾威學長他們承辦偵查，因此對這起案件並不熟悉。

這起命案，被媒體稱爲「成峰國小割喉案」，一名小學三年級的男童，假日結束的禮拜一早晨，被校園替代役發現陳屍在沙坑裡——遠遠望見男孩渾身赤裸，替代役直覺大事不妙，趕緊上前查看。他將男孩如死魚般的癱軟身子翻過來，只見男孩的鎖骨、胸口一路漫延到下腹部，甚至下體，沖積扇似的淌開一大片血跡；大量沙土以血液爲黏著劑，麵包粉般覆蓋嫩白肌膚密密麻麻沾裹他整身。致命傷只有一處，在喉嚨，一刀斃命，傷口大幅度裂開，宛如脖子上長出另一張嘴巴猖狂咧笑。

當時這起命案，讓這個向來平靜單純的學區一時間人心惶惶，冷血兇殘的殺人手法和猥褻犯行在社群網站推波助瀾之下，更是引起全國矚目譁然。但就在隔天夜晚，發生另一起益發重大的事件——一列開往松山的區間車，在南港進站時發生爆裂物爆炸，波及人數高達數十人。這起可能牽繫到全球恐怖活動的大範圍攻擊案件，立刻將所有人的注意力統統從男孩割喉案上轉移開來。

「到現在都還沒有偵破啊……」小佳嘀咕著，繼續往下滑：「這是——」看到最後，她忍不住喉頭一緊。經過法醫相驗，男童遭到兇手性侵，下體發現嚴重的撕裂傷，也採集到了精液。

成峰國小、日期、沙坑、割喉——小佳終於明白，大吾和穆一維等人為什麼會如此嚴肅看待這件事。恐怕不只是殺貓而已。惦記著方才瀏覽的案情，她的腳步變得沉重，半拖半拉跟在大吾後頭進入教室。

4

小佳一踏進教室，站在門外的員警立刻將門悄無聲息推上，爲兩人打造出一個「偵訊」空間。

教室裡頭，除了大吾和小佳外，還有三個人，他們打直腰桿坐在正對著講台的座位上，肢體和神情難掩緊張心緒，像是第一天上學的新生。坐在中間，年紀約莫三十來歲的女子應該就是級任老師；她的左右兩側，則分別捱著一男一女身穿藍白海軍服的學生。

那兩名學生看起來和大吾的兒子小軒差不多年齡，大概是四、五年級——小佳不由得想起剛才讀過的割喉案新聞。

一見到兩人，女老師立刻站起身來。

「沒關係。」大吾說道，伸手示意對方不用拘謹。

「有幾個問題想請教您——」小佳覺得自己的聲音聽起來新鮮明亮，神情神采奕奕又落落大方。

大吾側過身瞄向小佳，表情諱莫如深，似乎有些意外她會主動掌握此次偵訊的節奏。畢竟直到幾分鐘前，她還對這起案子一點概念也沒有——然而大吾微微上揚的嘴角，又好像透露出小佳的「積極」在他的預料之中，沒有辜負自己的期待。

女老師怯生生點了點頭，目光垂落桌面，忽然間像是想起自己身為老師的職責，迅速瞄了兩邊學生，強打起精神用力眨了幾次眼睛，讓自己集中注意力，抬起臉，眼神聚焦在方才開口的小佳身上。

「首先，想請教事情發生的經過。」

「是我發現的。」男孩說道，相當有禮貌，習慣性舉起了手。女孩停頓半秒鐘，也跟著舉起手，纖細手臂細細顫抖。

「是他們一起發現的。」女老師補充道：「澤鴻和小萱……他們是這禮拜的值日生。」

「是我先發現的。」大概是想逞英雄，儘管被坐在中間的老師隔絕開來，留著三分頭短髮、名喚澤鴻的男孩，依舊試圖歪著身子往另一側的女孩小萱瞥去，固執嚷嚷道：「她是後來才過來的！」

「可以請你說明一下當時的狀況嗎？如果覺得不舒服、不想回憶的話，請直接跟我說，沒關——」

「經過花圃……」小佳話還沒說完，便被男孩打斷。憂心忡忡的女老師輕輕撫著男孩瘦削的肩膀，男孩用雙手拄住膝蓋把自己支撐起來，接續方才未竟的話語：「每次經過花圃，我都會往那個方向看……」

男孩所說的「那個方向」，指的是「遊樂區」——畢竟是小孩子啊，小佳心想。就像自己從前念小學時，總希望自家院子也有鞦韆、蹺蹺板和搖搖馬一樣。

「嗯，往那個方向看……然後……」小佳緩緩朝男孩走近，並且逐漸壓低身子降低身體的重心，細聲引導對方的回憶。

「沙坑……覺得沙坑那邊……好像有什麼東西……」男孩支吾說道，音量突然變小，像是進入隧道的廣播一般，最終完全消失不見。

小佳扭頭瞥向女孩，正好和遙望著男孩的她對上視線，於是把握機會順勢說道：「然後妳就出現了？」

女孩垂下頭，頸子像是被旋開螺絲釘般鬆動開來，輕輕點了點，垂在兩邊的辮子細細顫動，用微弱到幾乎要碎掉的音量說道：「嗯……我看到他……看到他站在沙坑前面發呆……我……我想叫他趕快一起去開教室門窗……」

初步調查告一段落。

按照目前情況看來，再問下去，恐怕也問不出什麼能夠釐清案情的線索。安全起見，還是先讓精神可能受到強烈打擊的兩名學童平復心情，待鑑識結果出來後再擬定下一步策略——打定主意，小佳朝女老師欠了個身，大吾轉身走向教室門口。

「那個——」就在這時候，女老師激動推開椅子站起身來，踩著小碎步趕忙跟上，喊住正準備離開教室的大吾和小佳。她的眼睫毛頻頻發抖，壓低聲音咕噥道：「他……應該不會有事吧？」

大吾和小佳互視一眼，似乎不明白女老師為什麼會突如其來拋出這個無厘頭的問題，甚至根本無法對位她口中的「他」指的究竟是誰——不知道該如何啟齒，女老師吞吞吐吐踟躕半晌，別過頭，試探性瞄了一眼正失神望著淡藍色窗簾的男孩。

小佳一開始順著對方的視線看過去，目光卻不由自主被一旁專注凝視著男孩的女孩表情給吸引了住。

女老師發出細微氣音，緩緩擺正頸子，舔了舔被門牙咬得通紅的下嘴唇，這才把先前沒說完的部份補完：

「那隻貓……其實……其實是澤鴻他們家養的貓。」

5

「他一定很害怕……」阿碩咕噥道。

小佳回想著男孩當時的神情，覺得像一張白紙。眼神可以說是平靜，但也可以說是空洞……或許就和阿碩說的一樣吧？遇到這種事，沒有人不害怕的；更何況，他和那個去年遇害、永遠都是小學三年級的男孩還是同班同學——說不定是因爲在女孩面前，他才會刻意壓抑情緒，表現出堅強的那一面。

「結果上頭決定怎麼處理？」阿碩問道。

「你很八卦耶！」小佳輕輕晃動手腕，浸泡在馬克杯裡的茶包先是擴散出顏色，而後伴隨著纖細熱氣帶來淡雅清香。

「哪有八卦，我是關心……」阿碩沉吟好一會兒，低聲解釋道：「根據鑑識結果，兇器是蝴蝶刀……」

蝴蝶刀。和一年前命案所使用的兇器一樣。

陷入思緒，小佳一時間停止划盪茶包。

「還有，貓的體內沒有驗出安眠藥成份，也就是說——」

也就是說，那隻貓是被活生生殺死的。小佳在心底把話接了下去。

這一點，也和一年前的命案一樣。

那名被割斷喉嚨的男孩，是被活生生殺死的。

面對案子，感到束手無策時，小佳只能暗自祈禱，希望至少男孩在遭到性侵前就失去了意識——在無法偵破案件的無力時刻，這是他們唯一的卑微願望。

儘管清楚明白人死不能復生，但給出一個交代——不管到底有沒有人在等待著，都有其必要性。所以當被賦予伸張正義權利的自己辦不到時，那種空虛感也會顯得格外強烈，像是被扔進一口深長闃黑的井。

「會苦吧？」阿碩突然說道，小佳一開始摸不著頭緒，怔愣一秒才反應過來趕緊抽出茶包。阿碩扭動身子，將椅子滑向小佳，接過茶包，扔進垃圾筒。

小佳垂頸啜了一口已然滲出澀味的蘋果紅茶，產自青森——是檢察官周書彥前陣子從日本回來時買的伴手禮，捧著溫熱杯身，回覆阿碩先前問的問題：「有派人接送男孩上下學。他是鑰匙兒童，爸媽都在黏著劑工廠上班，做手工藝用的那種——就住在學校附近，眞的很近，走路不用三分鐘。」

「那個女孩呢？有人保護她嗎？」阿碩這時候反應倒是意外敏捷：「雖然還不能確定那隻貓是警告威脅、惡作劇還是模仿犯……不過、如果眞的帶有攻擊意圖，也難保對方一定專挑男孩下手，說不定——說不定是戀童癖，畢竟在生理學上，兒童性徵不明顯，對某些戀童癖者來說，『孩子是沒有性別的』。」

「放心，你想到的，我們也都有想到。」小佳掐了掐阿碩的肩頭：「有女警在幫忙看著。小萱就住在學校後門旁邊那條巷子裡，單親家庭，爸爸是台商，人幾乎一年到頭都在大陸，平常都是阿嬤在帶她。」

「現在的孩子還眞是愈來愈寂寞。」阿碩仰頭注視著天花板。

小萱——小佳想起大吾的兒子小軒，不僅僅是因爲名字同音的關係。大吾學長離婚將近一年，加上職業特殊上班時數長幾乎常常不在家。然而，他們家的情形也不是隔代教養——大吾的雙親和唯一的姐姐，很早便在飛往歐洲的空難中過世了，也沒有親近的親戚。因此可想而知，小軒經常得獨自面對、打理生活中的一切：而他還只是個國小生。

一維學長曾半開玩笑說道：「知法犯法！」

根據民國一〇四年修正的《兒童及少年福利與權益保障法》第51條：父母、監護人或其他實際照顧兒童及少年之人，不得使六歲以下兒童或需要特別看護之兒童及少年獨處或由不適當之人代為照顧。

但修正前的版本，也就是現行條文的前身——《兒童及少年福利法》第32條，卻是：父母、監護人或其他實際照顧兒童之人不得使兒童獨處於易發生危險或傷害之環境；對於六歲以下兒童或需要特別看護之兒童及少年，不得使其獨處或由不適當之人代為照顧。

「家裡不算是『易發生危險或傷害之環境』吧？」那時候還不知曉已經三讀通過修法的小佳替大吾如此反駁道。

只有自己一個人的家，或許不危險，但寂寞是一定的吧——

當時充滿逼供氛圍的場合，讓小佳險些脫口而出壓抑已久的問題：大吾學長爲什麼會離婚呢？

幸好最後忍了住。

事實上，即使後來被周書彥糾正，小佳和穆一維依舊認爲該條文的修改一點邏輯也沒有。雖然原條文中的「易發生危險或傷害之環境」定義較爲模糊，但既然名爲「修正」，立委諸公要做的事應該是試著定義更清楚，而不是索性避而不談。現實生活中，七歲以上未滿十二歲的少年獨自在家發生意外的案例的確層出不窮。

「大人也沒好到哪裡去。」小佳收拾思緒從回憶中脫身，自我揶揄道——不過話中仍有幾分眞情實意。

打從搬來台中以後，除了「公司」同仁，現實生活裡來往密切的朋友屈指可數。假日不是在床上打滾一整天補眠翻翻食譜，就是一個人跑到超級市場逛上好幾個小時回家慢慢煮一頓晚餐。因爲朋友們大多不是待在老家雲林，就是跑到台北發展，根本沒辦法隨時想見面就見面——漫無邊際想著，忽然間，餘光裡閃過一抹熟悉身影，她轉身急切望過去，直挺挺站在門口的不是別人。

大吾靜悄悄矗立在那裡，注視著小佳和阿碩兩人，彷彿椅子通電，阿碩動作誇張彈起身子：「學、學長——」

大吾目光平靜，表情一如往常看不出情緒，看向小佳說道：「有空嗎？」

小佳往牆上掛鐘看去，晚上九點，工廠應該下班了——將只喝了一口的紅茶隨手擱在桌上，像顆頓號，她節奏明確點了個頭，瞇起眼睛不假思索答道：「當然有啊！大吾學長有問題想問他們對吧？」

6

「小咪被殺死了？」穿著汗衫、皮膚乾燥暗黃的中年男子一臉訝異：「怎麼死的啊？」

「被人割斷喉嚨。」小佳說道。

「爲什麼叫小咪？」向來沉默的大吾忽地開口。

小佳愣了一下，見對方困惑，連忙幫大吾把話說完：「那不是隻公貓嗎？」

「是他幾個月前抱回來的……」男子側過身，看了一眼坐在木椅上埋頭吃著便當的男孩：「我老婆一直喊小咪小咪的——她小時候養的貓，好像就叫這個名字吧？我們後來才發現那是隻公貓，但是已經叫習慣了。」

「澤鴻他，在學校有沒有和誰走得特別近？」

「小萱吧？他的同班同學，一個綁著兩條辮子的女孩。」男子一面說道，一面忍不住在臉頰旁生動比劃著。

「他們會一起寫作業——」另一道聲音猛地從後方響起，是一名體格豐腴的女人，應該就是澤鴻的媽媽。她的嗓門很大：「我們常常不在家，澤鴻放學都會過去那邊待到晚上才回來……小萱她阿嬤會幫忙顧……你們是？」說到最後才想起這最重要的問題。

「警察。」男子俐落答道。

「警、警察？澤鴻他、闖了什麼禍嗎？」聽到壓根兒想像不到的回答，女子頓時驚慌起來，終於收斂音量，神色緊張，交錯看著男子和大吾等人。

「小咪死了。」男子再度答道。

「小、小咪死了？為什麼——被車撞的嗎？」

「不是啦！先別吵，我等一下再跟妳說。」男子將女人拉向自己，動作粗魯但親暱。

小佳不禁露出淡淡微笑，趕忙回過神來，重新發問：「那麼在學校外呢？澤鴻他有沒有和誰、尤其是陌生人，走得特別近？」

夫妻倆同時搖了搖頭，宛如兩隻從柵欄上方探出身子的馬表情困惑，顯然對於兒子的日常生活所知有限。小佳目光從兩人之間穿過，投向剛吃完便當、正仰著頭在喝附贈養樂多的男孩：「方便讓我們問澤鴻幾個問題嗎？」

夫妻不知所措，最後點了點頭答應。

他們在男孩兩側落坐，像一幀現代家庭鮮少拍的全家福照。很遠很遠幾乎淡忘的記憶裡，突然被勾起一絲漣漪——小佳記得，國小畢業那年全家還一起去過照相館。而那間照相館在智慧型手機問世不久後便關門大吉。

「雞腿便當啊？我也喜歡吃雞腿呢！」小佳在一家三口對面的大紅塑膠矮凳坐下，瞄了一眼便當蓋上勾選的品項，以此作爲開場白。

「這孩子喜歡吃雞腿。」女人拍了拍澤鴻的大腿。

「最近有沒有感覺有人跟著你？」知道方才的對話他都聽在耳裡，小佳直接切入主題。

澤鴻搖了搖頭。

「或者是常看見同一個陌生人在附近出沒？」

他再度搖頭。

「也沒有人跟你搭訕？問路，或者是宣傳、推銷什麼的？」

他還是搖頭。

「你什麼時候發現小咪不見的？」

這問題像是朝澤鴻按下了暫停鍵，他頓時定住，遲遲沒有回應。

「我……我沒有……」

「他沒有發現啦！」替他回答的是他爸爸。穿著運動短褲的男子重重倒入椅背，翹起二郎腿像是接受採訪似的滔滔不絕說道：「小咪平常都養在外頭，喜歡跑來跑去的，有時候兩、三天甚至一個禮拜都沒有看到蹤影。」

把貓養在外頭——小佳心想這還是自己第一次聽到有人把貓養在屋外，那跟養流浪貓有什麼不同嗎？不過說實在的，自己養動物的經驗趨近於零——如果勉強把小時候養的蠶寶寶和孔雀魚算進來的話……是不是該打通電話給人在台北當了三年代課老師的阿琪呢？阿琪很喜歡貓，在寸土寸金的台北硬是養了三隻，每隻品種都不一樣，但小佳一種也不認得。

說不定可以約在捷運中山站附近巷弄的日式料理店，她看臉友PO過照片，花壽司看起來很道地。但要是約阿琪，她肯定會把成翰也帶出來——然後兩人就會逼問自己的感情現況。到那個時候，自己該怎麼回答才好？該把大吾的事統統告訴她們嗎？

算了，就算要見面，也是很久以後的事了——切換回工作模式：「那麼小萱那邊呢？你有聽過她提到剛才的任何情況嗎？被注視的感覺……還是被陌生人搭訕之類的？想到什麼就說什麼沒關係，就算……就算覺得微不足道也可以說出來聽聽，對我們來說都很值得參考。」

「很奇怪……」男孩吐出這句話，聲音幽微。

一時間，小佳還以爲是自己聽錯了，然而大吾毫不遲疑出聲說道：「哪裡奇怪？」

怕男孩又陷入沉默，小佳趕緊再加一把勁鼓勵道：「沒關係，你說說看，哪裡奇怪？」

「你們很奇怪。」男孩不再閃避，雙眼定定注視著對面兩人：「那麼積極調查一隻貓的死，卻那麼快就放棄他。」

男孩爸媽臉上寫滿疑惑，似乎無法理解兒子口中的「他」到底是誰。

即使明明才死了不過一年。

大家都忘記他了。

7

「結果反倒被孩子訓了一頓啊?」阿碩說道。

「也不算訓吧?這也是事實,某種程度來說,我們確實放棄了他。」小佳雙臂往後扳,反手撐住流理臺說道:「這就是爲什麼案發後的『黃金四十八小時』那麼重要,要是這段時間破不了案,有很大機率會變成『冷案』,被其它案件排擠偵查資源。」

而一旦變成冷案,幾乎就等同於懸案了。

大吾目光射向始終不發一語的穆一維,似乎覺得今晚的他過於沉默。

「或許是我吹毛求疵吧……但是……」留意到大吾的視線,穆一維原本細聲咕噥道,察覺他用比往常更強勁執著的眼神正視自己,撇了撇嘴,鬆了一口氣似的,抿出淡淡笑意,恢復平日音量說道:「這次和去年的男童割喉案,雖然表面上看起來行兇手法一模一樣,只是對象由人換成了貓——不過有一個地方,讓我一直很在意……該說是不夠協調嗎?」一面說明的同時,他順勢用自己才懂的語彙重新整理思緒。

如果是平常,小佳大概早就忍不住脫口插上幾句話,但此刻她卻下意識屏住呼吸,等待穆一維接下來準備說出的話。

「一到現場……我就發現了——屍體的方向不一樣。」

「屍體的方向不一樣……」小佳嘀咕重複穆一維的話。

她記得先前事件裡,那名替代役將男孩的身子翻過來——今天早上的貓屍則是原本就朝天仰躺。

「當然，也可能是我太敏感了，畢竟讓男孩趴在地上，是因爲方便兇手滿足自身的身心需求——」

穆一維話還沒說完，大吾已經轉身往門外大步走去。儘管還摸不著頭緒，小佳的身體自個兒動了起來，跨開腳步追趕上去。

8

綁著麻繩般雙辮子的小萱，坐在大吾和小佳兩人對面，中間隔著一張看起來要價不斐的原木木桌，上頭擺放了一個有著古典風情、雕飾低調講究的暗紅色漆木點心盒。阿嬤被小萱用藉口支開：「我想要喝西瓜牛奶！」

阿嬤走進後頭廚房後，她收起撒嬌嘴臉，表情變得沉穩平靜，彷彿換成另一個人，和第一次在教室交談時給他們的第一印象——怯弱、無助截然不同。

「那隻貓，體內沒有驗出安眠藥成份，但是身上卻沒有掙扎的跡象。」大吾緩緩說道：「這就表示，那隻貓認識殺他的人——」

至此小佳能夠跟上大吾的推論……然而，他是怎麼知道動手割斷貓喉嚨的人不是澤鴻而是——

「屍體的方向。貓被發現時，正面朝上，就代表案發時，必須有另一個人固定牠的身體，否則沒辦法在限制動作的同時，割斷喉嚨——那個抱住貓的人，必須跟牠非常親密。」大吾繼續說道：「只不過，有一個地方我無法理解……」

也會有你無法理解的事啊——小佳忍不住在心底揶揄了他一句。

「澤鴻是為了讓警方重新調查去年的命案，但是妳……為什麼要代替他下手殺了那隻貓？」

因為他辦不到——澤鴻想做，事到臨頭卻下不了手。

腦海猛地浮現答案。小佳看向女孩，那瞬間，她理解了就算大吾再怎麼努力，恐怕也無法理解的心情——她清楚明白那種表情代表什麼涵義。

那是願意為對方做出任何事的表情。

天啟

站在沒開燈略顯陰暗的茶水間，甫按下飲水機開關，熱水剛沖下去，麵都還來不及脹開，韓平遠遠便望見一名衣著邋遢、汗衫胸前一片汙黃的中年男子喝醉酒似的滿臉通紅踉蹌蹴進辦公室——他忍不住皺起眉頭。

「學長，你蓋子還不蓋啊？」出聲的是碰巧從二樓蹬下來的小佳。她一面問道，一面往翹翻開來的鋁箔紙蓋戳了戳，而後順著韓平目光撇頭看過去，冷不防脫口嘀咕道：「師兄——他來幹嘛？」

也不管麵有沒有泡軟，韓平啪一聲拆開竹筷，壓低後頸往嘴裡塞一大口。挾帶湯汁的吸麵聲格外響亮，迴盪在坪數不大的茶水間內，讓剛結束一場偵訊的小佳也跟著餓了起來。

她垂眼看了看手錶，十二點剛過——彷彿存在一條無形的界線，一越過二十五歲，身體新陳代謝確實不如以往。上禮拜體檢，發現胖了三公斤，令一直以來都屬於吃不胖體質的小佳大為震撼，痛下決心戒吃宵夜。

嗯，至少先堅持三天。

深夜的辦公室和白天不同，分外安靜、甚至顯得有些冷清。除了值班組別以外，只有兩、三個留下來加班的人，但此時不是在補眠打盹就是在滑手機——聽說中打是「洞天福地」，光是坐著不動就能抓到好幾隻Pokémon。

不知道自己此刻頭上有沒有亞洲限定版的大蔥鴨——小佳想著。那天某學長一進辦公室立刻引起一陣喧嘩，原來是他的褲檔出現伊達，只見一群大男人興沖沖用手機對準那裡喊著伊達伊達伊達！那場面實在既荒謬又好笑。

記得這款手遊剛「登台」時，曾引起軒然大波，惹來各方高度關切，認為會嚴重影響社會秩序——也確實發生了幾起相關的交通意外。但在另一方面，受到熱議討論的，還是精神層面的問題。

不少人認爲擴充實境（ＡＲ），在眞實世界中加入虛擬成份，將致使幻想侵入到日常生活，模糊「人」的自主性。讀到這個論點時，小佳不由自主想著——眞實和虛擬的交融混淆，不就和求神拜佛的人鬼之事類似嗎？

事實上，當時小佳心底還浮現別的聯想：「人」變成「罪犯」的那瞬間，跨過的那條界線，或許某種程度上來說，也近似如此。

細小飄渺的惡意變成具體冰冷的殺機——

小佳拍了拍在冷氣房裡待久略顯乾燥、泛出一層薄薄油光的臉頰。今晚輪到大吾和小佳這隊値班，大吾在樓上房間聽監控的錄音帶，小佳原本打算喝杯水就上去幫忙——沒有人理會小佳口中的「師兄」，男子就這樣挺著大肚腩，一路大搖大擺往裡頭晃過去：「欸！你們大隊長哩？」男子喊道。

一名學長抬眼看了看，沒作聲，又回到手機遊戲裡。

「我有話要跟他說——你們大隊長哩？」男子再度嚷嚷，吵醒了幾個趴在桌上的人。

「師兄？你要幹嘛？」小佳迎上前問道，希望對方降低音量，於是先自己壓低了聲音。

「靠夭，麥來亂啦！」有人抱怨道，打了個長長的呵欠。

「你們大隊長哩？我有很重要的情報要告訴他——」

「師兄！你是不是又喝醉了？」小佳將手上裝了半滿白開水的紙杯遞給他。

男子仰頭一口氣灌光，拉扯領口擦了擦嘴：「誰、誰喝醉了……是、是三太子告訴我的——是太子爺祂要我來的！」

還說沒喝醉——小佳在心中暗自苦笑道。攙扶著身子不斷劇烈擺動、彷彿腳踩七星步的師兄，正準備帶他到一旁沙發椅上歇息片刻，哪裡料到才一轉身，便險些撞進杵在面前的韓平懷中。

「幹嘛？」韓平粗聲問道，噴出的口氣還帶著泡麵香氣。辣味牛肉——小佳想著，反射性退後半步，頓時怔愣了住，仰望著韓平背光的黯淡神情，一時間答不出話來。

「找他幹嘛？」

小佳終於意會過來韓平這句話是在對師兄說的，她斜過身，瞥向腆著一圈脂肪、渾身散發出濃厚體味的中年男子。

「當然是有很——重要的情報要告訴他！」

「學長，師兄他喝醉了啦！」小佳拽了拽男子的臂膀將他往前帶。

「什麼情報？」韓平忽地伸出手，按住被叫作「師兄」的男子肩頭，大拇指深深陷進他軟腴肉裡。

男子先是雙眼圓睜直盯著韓平，接著喀擦喀擦、慢動作眨了眨，猛然清醒過來一樣，眼睛變得清澈，連倒映在瞳孔上的日光燈燈管也明亮到將他的臉孔照得死白，用低頻卻異常清晰的嗓音說道：「上個月那場車禍啊……那女人……不是意外——是冤死的！」

2

寧可信其有，不可信其無——這句俗諺，十分貼近警方的辦案心態，從擺在大隊長辦公室裡的關公木雕像就能一窺一二。

但也不是每個人都吃這一套，例如大吾和鑑識科科長穆一維，認爲與其寄託虛渺鬼神之事，倒不如專注在案件本身腳踏實地蒐集線索。可想而之，這種人在警界屬於少數派；大多數同仁自然心想多一份力量終究是好事，畢竟這行待久了，總會遇上些難以用常理解釋的情形——儘管這種想法被穆一維譏諷爲「投機取巧」。

小佳算是折衷派。她相信鬼神存在，但不覺得祂們有幫忙自己破案的義務和必要。她暗忖這些人的心理比起「迷信」，用「現實」來形容或許貼切許多——平常沒見幾個人理會那尊關公像，然而只要辦案一碰到瓶頸，不是擦拭雕像就是求神問卜甚至連觀落陰都來可謂花招盡出。

話說回這尊威風凜凜的關公像，當初就是大隊長特地委託師兄請過來中部打擊犯罪中心的。師兄名叫廖廣達，年近五十身材矮胖頭髮微禿，是附近仰天宮的廟公，據說年輕時是鄉里有名的乩童。儘管歲數大了以後交棒新人，鮮少再插手廟裡事務，但三不五時總跑來這裡嚷嚷三太子來到夢中和自己敘舊。

想來敘舊的人根本是師兄嘛！小佳苦笑。

儘管對他偶發的舉動感到困擾，眾人還是「以禮相待」，畢竟他和現任的大隊長可是「換帖的」——知道他們是結拜兄弟時，小佳興奮喊道：「哇塞，你們那年代眞的很流行結拜耶！」因爲她的爸爸從前也曾經和很多人結拜，而多年後的現在，他們絕大多數都已經不在。

3

色褪金字寫著「茂柏大廈」，其中那個「柏」字大幅度傾斜，搖搖欲墜。

待會兒要記得提醒管理員請人來看看。

「又是這裡啊……」日光燦烈辣毒，站在對街，韓平瞇細眼凝望著十層樓高的老舊公寓嘀咕道。

韓平大步橫穿馬路，才剛來到大廈門口，一道人影便從管理室內竄出來。

「不會又發生什麼事了吧？」是在先前的「茂柏大廈殺人案」中曾經提供過資訊的人。黃令儀，是這個名字沒錯，韓平對她的印象很深——口條清楚、思路敏捷、觀察入微。此刻她指間夾著單字卡，穿著簡便的T恤和牛仔褲。

「目前還不清楚。」

「我知道，偵查不公開。」黃令儀頓了一下又說道：「不過這樣有點麻煩，你沒有搜索票對吧？」

韓平若有似無搖了搖頭，逕自邁開步伐往裡頭走去。

「我跟你一起去。」黃令儀輕聲喊道，快步跟過來：「這裡的住戶我大部分都認識。」

韓平明白黃令儀話中涵義：如果遇到不願意配合的住戶，說不定會看在自己的面子上答應——或許是習慣，他發現這女生經常不把話說完，但奇怪的是自己每一次都能準確猜出來。

走進電梯，韓平一按下樓層按鍵，門板還沒闔上：「是……嘉安嗎？」黃令儀便脫口嘀咕道，語氣難得躊躇。

韓平瞅著黃令儀：「妳怎麼知道？」

「其實，是猜的。這層樓最近出事的，只有她。」她朝儀表板上亮起的十樓按鍵努了一下下顎，眼神刹那暗了一下：「說是最近，也過了快一個月了……」

這句低喃後，兩人陷入沉默。

電梯裡的沉默會膨脹好幾倍。

對韓平來說，帶來的感受和偵訊室極其相似——這麼一聯想，他的心情頓時平靜下來。

「三五？」黃令儀突如其來說道。

一般人或許會以爲她在猜韓平的年紀——但顯然錯得很遠，今年四月，韓平就要滿四十五了。

妳怎麼知道——這回韓平忍住，沒問出口。

「我爸也抽三五。」

所謂的「三五」，指的是英國香菸牌子「555」。

叮——這會兒，電梯門開，幾乎是同一時間，黃令儀率先跨出去，掀起一陣風擦過韓平一點贅肉都沒有的臉頰。

「就是這間。」她在走廊底端的黃銅色房門前停下腳步。

門牌上寫著1020。叮咚——幽微門鈴聲從門的另一側傳來，沒多久，門便開了，一個頂著一頭蓬鬆鬈髮的中年婦女從門後探出頭來。對方滿臉蠟黃、眼珠混濁，先是和黃令儀點了個頭，接著將目光移到韓平身上。由於韓平高出黃令儀將近一顆頭，她明顯將臉往上一抬。

「梁太太？」韓平開門見山說道。

「梁太太，這位是韓警官，他是爲了嘉安的事過來的。」

梁嘉安，某國立大學外文系大四應屆畢業生，上個月車禍身亡，得年二十二歲。現場雖然有煞車痕，但因爲找不到目擊證人、加以地理位置偏僻沒有裝設監視器，無法繼續深入調查——儘管有人因此喪命，然而基本上「肇事逃逸」對警方來說，和普通的交通事故意外沒什麼兩樣，尤其是當死者身份一般、沒有特殊關係的時候更是如此。

草菅人命。或許有人會這麼說，但站在警方的立場，永遠有更重要的案子必須優先處理。

4

一無所獲。

從梁母那邊得到的資訊和當初調查的結果相差無幾。

梁嘉安是個生活單純的女孩，沒有受到父親家暴、父母早年離異成長環境不安定的影響，個性活潑外向，系上同學和老師也對她讚譽有加。不僅僅是系上活動，還經常在許多跨系所、甚至跨校的大型場合裡擔任幹部。她的母親大多數時間都在食品包裝工廠工作，家境不算優渥，可以領低收入戶補助津貼，於是懂事的她打高中畢業，便自己打工賺學費，到最後還能反過來貼補家用。

看起來很一般——但為什麼師兄會這麼說呢？

「三太子說哩——有冤情啦！」師兄斜躺在大隊長辦公室的三人座沙發上對著天花板指手畫腳喊道。

「你確定？」大隊長呷了一口熱呼呼的茶。

「確定！當然確定！我和三太子是什麼關係？祂不會騙我。」師兄往自己的胸口猛捶，看得小佳心跳聲也跟著加了重拍。

「怎麼樣？」黃令儀出聲喊道。

韓平從思緒中回過神來，隔著管理員窗口直勾勾看著她，心想她之所以問這句話，肯定是早就猜到自己剛剛的問話會一無所獲：「梁嘉安她，是個什麼樣的人？」

「看起來很普通，和一般的女大學生沒什麼兩樣——」韓平知道她的話還沒說完，果不其然，她接續說道：「不過……我猜她最近……在談戀愛——」

談戀愛？這有什麼好奇怪的嗎？

「她跟妳說的？」

「當然不是，我們沒熟到那種地步——你想抽就抽吧，我不怕菸味。」

連這她也猜得到？

既然被猜中，那就更不能抽了。

向來固執的韓平抹了一把下顎，像是想藉此把菸癮給順勢抹掉。

「女人談起戀愛來……會變成另一個人。」

男人也會啊——韓平在心底嘀咕。

細細扭動身子，扶手接合處擰塞著塑膠膜的老舊旋轉椅，發出嘎嘰嘎嘰尖刺聲響，黃令儀莞爾一笑：「我猜啊……那是嘉安她第一次談戀愛。」

韓平情不自禁冷笑一聲，聽到從自己鼻腔發出來直往眉心傳導的聲音，他才意會過來——真糟糕，居然被周書彥那傢伙傳染壞習慣了。

「你是不是在想，我最好連這個也猜得出來？」

又被猜中了。

「韓警官——」眼前女子睜大眼睛逼近自己：「你也只談過一場戀愛吧？我沒猜錯的話……你初戀就結婚了。」

算妳狠——韓平差點被自己的口水嗆到，他不動聲色清了一下喉嚨，用指節粗大的大拇指摳了摳喉結，硬是擠出聲音想掩飾過去：「還有別的嗎？」

「我想想……」黃令儀倒也沒打算對他窮追猛打，擺正身子，認真思考了起來：「還有啊……我覺得她參加的社團很奇怪。」

「社團？」

「好像叫什麼『領袖社』——很奇怪吧？聽起來好像是一個教人家怎麼當領袖的社團，超詭異的。」

韓平聽過這種社團，名稱不一定，但不少學校確實存在類似的團體：「她在那社團做些什麼？」

黃令儀身子前傾，雙手交疊靠上窗框：「平常就是聽聽演講、打坐……或是冥想，要不然就是參加遊行……好像也會去登山的樣子……啊、還有，前陣子不是選舉嗎？還會去幫忙競選。」

「妳怎麼知道？」

「她有問我要不要去幫忙啊！」

「妳沒去？」

「我才不去，又不是笨蛋，去那幫忙又沒錢拿——我還勸她不要去，根本是被政治人物操弄，當成免費勞工使喚。」

「她在為哪一個候選人競選？」

「王霆立啊，看起來就是小白臉的那個。」似乎覺得話題無聊，黃令儀縮回身子，翻起手上的單字卡。韓平習慣性迅速瞄一眼，不像是英文——雖然自己當年高中聯考時英文根本連三十分都不到。

韓平請黃令儀如果之後有想到什麼，再和自己聯絡。

「沒關係，名片我還留著。」

韓平發現皮夾裡的名片用光了，在口袋裡找到發票，正準備寫上電話黃令儀便如此說道。

「啊……」離開公寓，滑入駕駛座，手握住方向盤油門還沒踩下，韓平不由得咕噥一聲。剛剛忘記告訴她，那個「柏」快掉了。

5

韓平來到分局調閱當時車禍事故的道路交通事故調查報告表。

一般來說，肇事逃逸事件，是由分局的偵查隊負責追查——儘管實際上跟進調查的往往是交通隊的員警。中打刑警前來關切的情況相當罕見，還可能有越權的嫌疑。

按照正常程序，調閱分局資料，必須由上級以公文提出申請、敘明案由，甚至打通電話事先知會一聲——像韓平這樣直接「登門造訪」的情況少之又少。所幸周書彥已經提前一步幫他打通關節。

事故現場照片比預想中血腥。

韓平雖然資深，但這類型的案件經手卻極其有限。如前所述，除了必須由偵查人員進行鑑識、有發展成組織犯罪疑慮的盜車案，一般交通事故案件，無論最後有沒有刑事責任，通常不會落到中打手中，會在分局層級消化解決。

然而，除了這個行政上的客觀因素以外——縱然不會坦率承認，可從某方面看來，他確實和大吾是「同類」：對於存在「明顯犯意」的命案格外容易引起共鳴。

梁嘉安纖細骨感的身子被捲入金屬車底、拖行將近五十公尺，在柏油路面留下一大片怵目聳動的血跡，當場斃命，可以想見當時撞擊力道有多麼強烈。死者的仿牛皮手提包被彈飛到六、七十公尺外草叢裡，裡頭東西散落各處——由於是女孩子，東西繁多瑣碎：手機、耳機、行動電源不用說；還有口紅、護唇膏、乳液、防曬乳，甚至是眉筆、痘痘貼……根據承辦員警的說法，當初光是要將這些東西全蒐集回來就費了好大的工夫。

韓平可以察覺員警口吻透露出的無奈與不耐：因爲諸如保管、歸還死者持有物這些不得不做的事，往往被視爲無足輕重的「瑣事」，是爲了安撫遺屬必須走的行政程序而已，並無法藉此和案件聯結找出新的突破口，特別是處理這類所謂「小老百姓的意外事件」更是如此——小事管多了，辦不了大案。警界流行這麼一句話。

現實，卻寫實。

事情發生在梁嘉安打工回家的路上，凌晨四點，爲了較高的打工費，一名瘦弱的女性寧可値加油站夜班，在人煙罕至的地方獨自來往。

前往騎機車的路上被撞——結案報告中如此紀錄。

不知怎地，韓平覺得哪裡不大對勁。

現場照片看完，韓平開始翻閱證物的照片。飛了這麼遠，每樣東西都破爛不堪——尤其是手機，之後大概又被其它車輛輾過，幾乎整個碎裂、只差沒攔腰斷成兩截。

爲求謹愼起見：「有查過裡頭的資料嗎？」

「沒有。」一個比韓平還老的一線四員警搖頭答道：「壞成那樣了，連開機都開不了。」

能不能開機和查不查得到資料是兩件事——韓平不想和他多作解釋：「手機呢？還給家屬了？」

「當然啊，當然要還。」

也不管對方比自己還資深，韓平嘖了一聲，一踏出分局便撥出電話：「欸，幫我一個忙。」

6

王霆立立法委員辦事處。

「請稍坐，剪綵活動剛結束，委員馬上就到了。」一名身穿淺灰色套裝的年輕女子柔聲說道，沒等韓平回應便悄無聲息退出門外。

韓平環視辦公室一圈，視線最後定在桌面角落，那裡擺放著許多設計奇形怪狀、充滿未來感的金屬質地相框：一張是他和爸媽、弟弟一家四口在豔紅楓葉林裡；一張則是他和擔任自己秘書的弟弟王勁立以先前的競選總部爲背景；還有一張大概是在某公園如茵草地上拍的，穿著運動背心的王霆立，斜傾身子肌肉賁張雙臂環扣住一隻體型龐大黃金獵犬的脖子；最後一張照片，是他和十幾個年輕女生在連鎖美式餐廳聚餐——長桌底端，坐在他身旁幾乎臉貼著臉合照的不是別人，正是梁嘉安。

「您好，請問怎麼稱呼？」對方還沒出聲，韓平便察覺到有人靠近，旋即側過身子。站在面前的，正是以往只從電視上看到的王霆立——記得沒錯的話，上個月剛滿三十二歲。男子比身後看板上的人物像看起來還小上三、四歲。皮膚白皙紅潤、體格勻稱結實，氣質清新，頭髮兩側剃得薄短，風格俐落新潮，也難怪會成爲新一代的媒體寵兒。

「韓平。」韓平粗聲應道。

「韓警官啊？您好，請問今天來有什麼指教？有什麼我可以幫上忙的地方嗎？」他微笑說道，繞過韓平走到桌前，他身後跟著一名瘦小的男子——是方才在照片楓葉林中見過的王勁立，他的臉色蒼白，好像隨時都會昏厥過去。

事情往往就是那麼「奇妙」，雖然是血緣至親的兄弟，但兩人外型卻天差地別，而繼承父業踏入政界的也偏偏正好是樣貌出眾的哥哥。不過就如同所有政治話術：永遠不要把話說死。未來王勁立大概還是會出馬競選吧？畢竟哪有人願意屈居人下做一輩子秘書？然而這也是王霆立爬上更高位置以後的事了——例如市長。

政治圈和警界啊——兩者的相似性，讓韓平不禁聯想到自己身處的環境。感嘆完畢，緊接著拉回注意力單刀直入說道：「關於梁嘉安，有幾個問題想問——王委員。」

「梁……嘉安？」王霆立微偏著頭，塞進皮革辦公椅，頭靠上枕墊。

韓平一把抓起相框，食指指腹不客氣蓋住王霆立的臉，指尖指向彼時還不知道自己未來遭遇、笑容燦爛到整張臉都被拉扯開來的梁嘉安：「就是這張照片裡的女大學生，之前幫你競選過，你不會沒印象吧？」

「嘉安……」他嘀咕道，身子往前傾湊近相片，抬起眼迎上韓平的目光，一連點了點頭：「喔……有、有……嘉安，Vivian，我們都叫她Vivian……我記得她的樣子——不好意思……當時來幫忙的人實在太多了，名字一時間對不起來……她怎麼了嗎？」

「死了。」韓平明快答道，不留空隙又問道：「你不知道Vivian死了？」

語氣暗藏諷刺。

要是周書彥在場，肯定會在一旁吐槽自己的發音很奇怪。

「死了？不會吧？爲什麼？還這麼年——」

「車禍。」

「車、車禍……是嗎？眞可惜……還這麼年輕……」王霆立低喃道，神情悲戚，將身子拔出椅中，從韓平手裡接過照片，彷彿爲她哀悼似的低垂眼睫。

「請問還有什麼問題嗎？委員今天行程很滿——」站在椅側的王勁立一面說道，一面垂眼滑著手機：「如果沒有的話……韓警官，不好意思，我們現在必須出發了，司機在外面等。」說著，他瞥向王霆立，用眼神示意他趕緊起身順勢結束這場會面。

7

又是宵夜時間。

熱水注入紙碗，水氣蒸騰而上。

調查走進死巷——韓平暗忖，不自覺掐緊手中的筷子。

不會眞的要去找師兄求神問卜吧？他忍不住調侃自己。

「又吃泡麵？也太不健康了吧——」小佳一拐進茶水間便大聲嚷嚷道：「學長！好歹自己帶筷子……衛生筷很毒耶！而且又不環保。」

「我老婆都沒意見了。地球要是有意見——妳叫他自己來跟我說。」韓平咕噥道，捧著碗逕自離開茶水間，把小佳拋在後頭。

「老、老婆？學長結婚了？」

這傢伙什麼意思啊？韓平沒聽漏小佳的驚呼。

小佳抓著保溫杯追了出來，識相沒繼續追問結婚話題：「學長，上次那件案子有進展嗎？女大學生車禍案。」尾隨韓平來到他的座位，見他沒應聲，她接下去說道：「你昨天是不是叫周檢去拿什麼啊？」

聽到這裡，韓平從資料夾裡抬起眉毛瞅著她：「阿碩跟妳說的？」不禁咧嘴冷笑一聲：「這傢伙還眞的是什麼事都跟妳報備……」

「跟周檢好像，學長剛剛的冷笑。」

「一維那傢伙不是也喜歡冷笑嗎？」

「總覺得不大一樣。」

「哪裡不一樣？」

「一維學長的冷笑是『理解』，但是周檢的冷笑……」

居然還眞的能說出一番道理。

「哎呀！那不重要啦——」小佳沒把話說完，吐了一下舌頭，興味盎然湊近資料夾：「師兄說的就是這個案件？」她雙眼炯亮，一張張看起照片。

「學長！學長！」夜半的辦公室靜寂只有空調運轉聲，阿碩清亮的聲音顯得格外突兀，幾個人目光投射過來。

「小聲一點。」韓平板著臉孔說道。

「對、對、對不起……」阿碩抓了抓鼻頭忙不迭壓低聲音，但表情依舊難掩興奮：「學長你看、我找到這個——」他將手上的平板電腦轉向韓平，是一個影片檔。不等他反應過來，阿碩按下螢幕正中央的白色箭頭。

韓平被螢幕光亮照射得熠熠閃爍的瞳孔慢慢透出益發銳利的輝芒。

「這也太……特別了吧？」眼前堪稱「獵奇」的畫面，讓小佳只能吐出這句感想，她目不轉睛盯著螢幕。

「妳在看什麼？」阿碩對小佳手上的東西感到好奇——或者應該說：他對關於小佳的一切事物都感到好奇。

「證物照片，好像沒什麼特別的。」

「她帶的東西還真多，這樣包包不會很重嗎？」

「你們男生不懂啦！」

「我看妳也懂不到哪裡去。」韓平難得吐槽。

「我還是覺得很扯，簡直是把整個梳妝台都搬過去了嘛！」

「學長，麵都泡爛了！」抗議似的，小佳用手肘頂了頂韓平的胳膊。

自己最近已經開始練習上淡妝。是半個月前，和阿琪約在台北吃下午茶時她教的——將近半年沒見，她們一碰面立刻打開話匣子；趁著愛起鬨的成翰到蘭嶼參加員工旅遊不在，只有兩個人的閨蜜時光，小佳告訴了她關於大吾的事。

「化妝是女人的武器。」阿琪驕傲地搧了搧又長又翹的假睫毛。

「麵泡爛了啦！」像是小佳的應聲蟲，阿碩也跟著喊道。

韓平遲遲沒有對兩人的聲音產生反應，宛如被方才一連串對話提醒了什麼般，陷入深沉的思考中，直到麵都糊開，才胡亂塞了幾口。

8

王勁立毫不掩藏，大剌剌擺出一副「怎麼又是你」的厭煩表情；反倒是王霆立臉上帶著笑容和韓平寒的特質。

喧。即使知道對方是裝出來的，但韓平心想，不得不佩服他——這或許就是成爲一個成功的政治人物必備

又或者放諸任何領域皆準。

「韓警官請坐，不用客氣。要喝什麼嗎？最近春茶出來了——」

「知道王委員很忙，我就不囉嗦了。」韓平沒有落坐，從側背包裡抽出平板電腦，點開螢幕俯身遞往辦公桌另一側的王霆立面前。

儘管疑惑，王霆立仍然將平板電腦接過來：「菸味挺重的——韓警官還是少抽點菸比較好，我當兵時也抽過，確實不好戒。」說著他垂眼看向螢幕。

畫面散發出的光芒，打亮他那張可以和周書彥合組偶像團體臉孔的同時，傳來令人感官變得敏感的痛苦呻吟聲。

「這個是……不……不對、爲……爲什麼會……」王霆立面孔扭曲，原先自信傲然的模樣頓時消逸無蹤，宛如一尊崩塌的沙雕。他猛然抬起臉，張著嘴呆滯望向韓平，似乎是在問：梁嘉安不是死了嗎？這影片是怎麼來的？難不成會是鬼寄的嗎——

影片裡，一名身材健碩的男子，渾身赤裸後頸背腰淌滿淋漓汗水，趴臥在黃金獵犬身上，不斷前後劇烈抽動自己的身體——男子射精瞬間驟然抬起臉，翻了白眼喉結快速滾動扯動頸部肌肉。

那是王霆立和愛犬人獸雜交的性愛影片。

韓平往上指了指。

王霆立一臉茫然看向天花板。

不是老天——

「雲端。」韓平說道：「手機雖然損壞了，但是保留在雲端裡的資料，卻毫髮無傷。根據調查，三個月前，梁嘉安申請了雲端硬碟服務。」他一面復誦阿碩告知自己的訊息，一面踱步繞過辦公桌逼近王霆立。

王勁立倒也識時務，往牆邊退去。

意識到情勢不對：「我、我沒有殺她……我——她是威脅我沒錯、但、但是我沒有殺她……」像是希望有誰來拯救自己，王霆立反射性看了一眼門外，用力吞一口口水幾乎快站起身來。他將平板電腦往桌上一扔，掐住厚實扶手囁嚅解釋道：「我……我是希望那女人……希望那女人『消失』沒錯……但是我、我沒有殺她——我不可能殺人！我是立委耶、立委耶！殺人、殺人就毀了，用錢可以解決的事，幹嘛殺人？」

「還有下一個影片檔。」韓平忽地停下腳步，居高臨下瞅著雙腳不由得打顫的男子：「點開。」

「還、還有……我怎麼不知道？」王霆立咕噥著，重新捧起平板電腦，點開檔案：「這是……」

影片裡，一對男女正在享受魚水之歡，雖然畫面不甚清晰，但王霆立一眼便認出來那仰躺著、被壓在床上的女人就是梁嘉安；至於那個用雙腿筷子般夾住女人身體、體格乾癟的男子，背上有一塊極其眼熟的胎記——用不著等影片中的男主角轉過身，王霆立扭頭看向不知何時來到自己身後的王勁立。

王勁立瞪大眼睛說不出話來。

「你也被她威脅了？」

「那天凌晨，梁嘉安發生車禍時，其實並不是打工結束正準備回家，而是要去赴約——我想，你應該前一天就和她約好了，說要和她約在打工附近的汽車旅館見面。你騙了她，當然，是爲了殺了她。」

女爲悅己者容。

忙了一晚才下班，方便補妝，所以才隨身帶著這麼多化妝品啊——要是當初分局承辦員警沒有看輕這起案件的話，說不定就不用拖上這麼久的時間。

對於第一次談戀愛的梁嘉安來說，沒有什麼比在對方面前維持完美形象更重要的事。包括自己的命嗎？如果她知道自己會死的話。

「你、你眞的殺了她？你……你幹嘛殺人啊？她拿這個影片威脅你嗎？幹嘛、幹嘛殺人啊？給她錢塞住她的嘴不就好了嗎？」王霆立說到後來聲音都分岔了。

「那不是眞正的原因，至少，不是全部的原因——我想，或許是你曾經向梁嘉安提出分手，但她不願意，所以用別的事威脅你……威脅你繼續和自己在一起。」看了默不作聲的王勁立一眼，韓平從王霆立手中接回平板電腦，定定看著還沒從弟弟殺人震驚中回過神來的王霆立，語氣平靜無波說道：「王委員，到現在，你難道還沒想通嗎？」

「想通……什麼？」

「在你身邊，有誰能親近到拍下你和你愛犬——那段恩愛的影片？」

感情用事

1

得知這個消息時，中打所有人一時間全怔愣住，偌大辦公室像是瞬間被抽光空氣的眞空世界般安靜死寂，沒有半點聲音。

因爲就在二十分鐘前，韓平被人刺傷，緊急送往醫院。

2

「嚇死人了——」還沒踏進病房，小佳便大聲嚷嚷道：「學長！沒事不要這樣嚇人好不好！愚人節是下禮拜！」

「小聲一點……」跟在小佳身後的周書彥神情凝重，像是怕震動韓平傷口似的放輕音量低聲說道：「這裡是醫院。」這句話脫口而出的下一秒，他突然感慨起來，也有些訝異，忍不住暗暗吐槽——沒想到自己居然有一天，會說出這種以爲只有在戲劇中才可能出現的俗套台詞。

周書彥抿著嘴唇反手拉上房門，門輕巧含上瞬間，小佳察覺到韓平眼神的細微變化，側過臉瞄了瞄身後的灰白色房門，迅速扭回頭，眨巴一雙大眼衝著他咧出笑容說道：「大吾學長他在一樓，要我們先上來！」

「誰管他在哪裡。」撂下這句回應，韓平別開視線。

米白色窗簾收束在兩側，窗子整片拉開，外頭天空一片湛藍，是一個不適合發生任何事件的明朗天氣——雖然如此，終究是一廂情願的奢望，如同水霧飄渺的廣袤海面，這個世界不可能存在風平浪靜、不起波瀾的完美一日。因此，身爲警務人員，唯一能做到的，只有盡可能抑止風浪，將傷害控制在一定的範圍內。

「你還好吧？」周書彥從小佳面前橫越，來到韓平床邊。角落木桌桌面擱著一個曲線圓潤的琉璃花瓶，裡頭插著十來朵百合花，顏色粉白，爲房內原先沉悶的氣氛注入一股柔和基調。

說起來，周檢今天好像沒有搽香水——小佳抽了抽鼻子。

是怕韓平學長不舒服嗎？

「沒事，小傷而已。」韓平目光從窗外拉回，仰頭定定看了周書彥一眼，接著又瞥向小佳：「局裡是不是又有人在胡說八道些什麼啊？那些傢伙，做事拖拖拉拉婆婆媽媽就算了，連說起話來都這麼三姑六婆——」

「大家是關心學長。」小佳反駁道。

韓平一把抓起在折疊在一旁椅上的報紙，攤開時動作老派，還順勢嚓嚓、嚓嚓抖了幾下：「關心？辦好自己手上的案子比較重要。」

「學長——」

小佳話還來不及說完，身後傳來開門聲響，她原以爲是大吾，沒想到出現在房門口的，是一個陌生的女人。

女人看起來很年輕，卻有著和外表不相襯、意外沉著的眼神。一頭如流長髮披垂在後，髮色烏黑滑亮，讓身上那件袖子捲至手肘、略微寬鬆的淺綠色襯衫顯得益發粉嫩春意盎然；下半身則搭配褲管貼合、於腳踝一帶收束的深藍色牛仔褲。儘管身材纖細修長，卻一點也不單薄，渾身散發出一股近似田徑選手的堅毅氣質。

大概和自己差不多歲數吧——小佳在心底想著。

女人眉宇間的篤定神色，讓小佳立刻排除對方走錯病房的可能，緊接著按照邏輯進一步思考這個女人和韓平學長之間的關係：朋友？親戚？還是同學？總不可能會是——

「妳好，我是這傢伙的妻子，白芯穎。」女人露出清爽的笑容說道：「白色的白，筆芯的芯，新穎的穎。」

妻子？好古典的說法，現在很少人這麼說了，不都老公老婆或者腦公腦婆叫來叫去……等、等一下！如果她稱呼自己是妻子……夫妻——他們是夫妻？眼前和自己年紀相仿的女人就是韓平學長的……妻子？

像是想把那個詞彙吞下去，小佳吞了一口口水。這是方才在她猜測中排在最後的墊底選項——甚至帶著開玩笑的口吻：這根本是自己打從一開始就排除的可能！不、可、能！然而雙手插著口袋、直挺挺站在女人身後的大吾學長，爲這一切帶來無比確切的眞實感，讓小佳不得不匆匆在腦海中倒帶，重新理解一遍女人剛剛的自我介紹。

白色的白，筆芯的芯，新穎的穎。

「妳就是小佳吧？」白芯穎瞇起眼輕笑說道，稍稍往裡頭走。

「對、對……」小佳咕噥回應，眼神飄向大吾。他一臉淡然尾隨白芯穎步入病房，黏起信封般，悄無聲息拉上房門。

「書彥。」白芯穎喚了一聲，往躺在病床上的韓平走去，沒再說話，只是輕輕撫按了一下周書彥的臂膀，而後視線掃向大吾和小佳，將目光平均分給來探病的三個人：「謝謝你們還特地抽空來看他。」嗓音溫柔、語氣平穩，透露出感謝之意的同時又保持適當的禮貌距離。

「妳客氣什麼！」韓平皺起眉頭，擺出一副大男人的姿態喊道。

「你喔──」直到剛才一直有禮到近乎拘謹的白芯穎突然挑起眉尾，抽走韓平手中的報紙，在未竟語音中冷不防伸手往他的額頭俐落一拍：「就是因爲這樣才會沒有朋友！」在拍到的那瞬間巧妙收住力道。

大男人的面具被這一掌瞬間拍落，只見韓平歪斜頸子、努了努嘴像是個鬧脾氣的小男孩。

小佳臉頰抽搐難掩笑意，覺得自己好像發現了韓平學長的另一面──私底下和周檢相處時不知道是不是也是這樣呢？她不由得想像起來，直到發現身旁的大吾仍然一臉嚴肅，才鬆開嘴角，回過神後反倒將注意力轉移到他身上，好奇忖量著：大吾學長是不是永遠都有自己沒發現的那一面呢？

一定有吧，一定──每個人都有。

「事情是怎麼發生的？」

小佳過了好一會兒才意識到：出聲的人是大吾學長。

是大吾學長！

總是沉默到最後一秒鐘，甚或索性不發言的大吾學長竟然一反常態──小佳趕緊提醒自己不要一直張著嘴巴。她掐了掐臉頰。

韓平抬眼瞅著大吾：「就被刺了。」

「韓、警、官——哪有人這樣說話的啊！」這回沒留情，白芯穎用力戳了戳韓平的胸膛，看向大吾開口的同時朝床上韓平挪了一下下顎：「他一大清早就出去慢跑，一直到過了八點《黃金傳說》都要開始播了還沒回來……我正在想這傢伙到底跑去哪裡溜達、該不會又迷路了吧的時候，就接到醫院打來的電話。」

「誰會迷路啊，又不是妳。」韓平按捺不住咕噥一句。

白芯穎用報紙往韓平搧了搧：「你明明就迷路過！」

「還好學長傷勢不嚴重。」小佳適時加入對話。

根據醫生的說法，刀是從側腹後方刺入，距離肝臟只差短短兩公分，比一個指節的長度還短——慢跑、側腹後方，也就是說韓平是在晨間運動時被人從身後偷襲。

「有看到襲擊你的人嗎？」大吾追問道，此刻眉頭深鎖。

韓平起初似乎不大想搭理大吾，最後仍若有似無搖了搖頭。

恫嚇警告？挾怨報復？還是無差別犯案？

釐清犯罪動機是接下來的首要任務。

白芯穎坐了下來，手臂輕輕靠上扶手。

「有沒有想到什麼可疑的對象？」不理會韓平對自己明擺著不理不睬的冷淡態度，大吾繼續問道。

小佳知道韓平學長一直以來，都將大吾學長視為競爭對手——不、這麼說比較貼切：破案率極高的大吾，理所當然是所有人的目標。但小佳認為，真正讓韓平學長介意的是：大吾學長並沒有把任何人當作對手。

這種心態，對長時間和大吾相處、攜手處理過無數起案件的小佳來說，是再清楚不過的事了。大吾沒有一般人常見的「競爭心態」——並非不把其它人放在眼裡，只是他更想把眼前的事專注做好。因為所謂的「刑案」，其實說到底，負責的對象不是刑警本身，而是家屬。所以他們必須排除諸如執著案情抑或記獎升遷等一切雜念，肩負起作為家屬手腳眼心的職責，從迷霧黯黷之中摸索出答案。

這樣的過程，不允許絲毫分神與鬆懈。

然而，絕大多數同仁都沒有發覺大吾學長的心思，只有韓平學長、周檢，當然還有一維學長——不、說不定這個女人也察覺到了。不知怎地，小佳心底對這個才認識不到十分鐘、名叫白芯穎的女人猛然湧升這股異常強烈的直覺。

「這傢伙就是這麼頑固……做事衝動、喜歡感情用事——」白芯穎說著說著身子慢慢往前傾，手又往韓平的臉伸了過去。只不過，這一次沒有拍他的額頭，而是用指尖輕輕撫摸著他那道怵目驚心、將左邊眉毛一分為二的舊時傷疤：「再這樣下去……不知道到退休前，還會多幾道疤痕呢？」她的唇角微微上揚，語氣複雜，半是調侃，半是惆悵。

才不是——小佳在心底用力搖頭，甚至差點失聲喊出來。

小佳不同意白芯穎對韓平學長的看法——就算對方是他的老婆也一樣！

韓平學長或許有時候性子稍微急躁了些、說話大聲了些、動作粗魯了些——但面對案件的他，絕對不能用衝動、感情用事來形容。

下一個瞬間，小佳已經冷靜下來。

她明白，每個人隨著身處的環境和場合不同——學校、家庭還是工作，本來就會轉換不同的形象：譬如同學往往不會知道自己和家人的互動模式；而家人不清楚自己是用什麼樣的態度面對同事面對工作也是很自然的一件事。

就算是家人、就算是朋友，無論再親暱，對於「理解另一個人」這件事，永遠存在著死角。

唰——房門發出刺耳刮磨聲，攪動室內空氣。

「鑑識結果出來了——」人未到聲先到。是穆一維，台中警界的鑑識王牌，據說連台北刑事局的鑑識中心都對其專業能力印象深刻，一直想找機會把他調過去，但屢屢遭到婉拒。

這固然和穆一維背後的靠山有關係，不過讓他留下來的主因，想當然耳是靳大吾。

「鑑識……結果？」韓平嘀咕道，一時間反應不過來。

「這裡的院長是我的高中同學。」穆一維簡單一句帶過，隨著目光移至大吾身上話鋒順勢一轉：「傷口顯示刀子是從斜上方往下刺進體內——」

從斜上方往下刺進？小佳在心裡頭嘀咕。

「根據目前的資料推估，犯人的身高大概比韓平高出一個頭左右。」

「高、高出一個頭？」聽到這裡，小佳不由得提高音量當眞迸出聲來，瞪大眼睛直盯著韓平。

兩個月前，以「促進同仁感情、增進警方體能」爲宗旨，中打舉辦三對三籃球交流賽。小佳記得韓平登記的身高是一百八十二公分，是全辦公室第二高的人，如果對方比他還高出一個頭的話——

將一頭銀白頭髮往後抓，穆一維的眼神仍然緊緊攫住大吾雙眼，蜻蜓點水般輕輕點了個頭：「由刀身刺入體內的角度進一步計算，犯人的身高應該超過一百九十公分。」

「超過一百九十公分——」周書彥細聲重複道。

大吾耳朵一尖，沒有看漏從周書彥眼底閃過的那抹神色。

3

一離開醫院，周書彥立刻往馬路邊快步走去，抬起手正準備招計程車——他從眼角餘光瞥見小佳：「妳沒事跟著我做什麼？」他將手抽回，雙手交疊背在身後問道。一時心急，顧不得調整語氣，他舔了舔嘴唇，覺得理虧似的別開視線。

「大吾學長說——檢座心中有底了，要我跟著。」小佳自然一點沒把周檢對自己的態度放在心上，她眨了眨眼睛邁開腳步，直接從周書彥面前橫越。才剛站定便高高舉起手攔住一輛計程車，拉開後座車門身子一彎貓似的俐落鑽進去，接著扭回身壓低背脊抬眼看向車外的周書彥：「檢座不上車嗎？」

周書彥停頓半秒，逕自拉開副駕駛座車門：「難怪韓平不喜歡他。」

「檢座這樣說就太奸詐了——其實你也是吧？」小佳說道，不由自主微微噘起嘴唇。

沒有回應小佳的揶揄，周書彥滑入座位，扯動安全帶的同時，向司機報了地址。

「無視我啊……」咕噥著，小佳挪了挪身軀，抬起腳，用膝蓋往副駕駛座椅背頂了一下。

計程車很快駛離市中心。

放眼望去，樓房漸次低矮，農田沿著地平線向兩側擴張，雲朵流蘇般切割撒撥開來逐漸變得稀疏，背後天空展露出更多原本的樣子，呈現一種不可思議的藍，宛如上了彩釉，藍得閃閃發亮。

周書彥雙眼炯炯直視前方，目光銳利堅定，貫穿面前爬滿蜿蜒灰白雨漬的擋風玻璃，彷彿早已在心中換上熨燙出筆直線條的檢察官袍，隨時可以往法院厚重木門一推，站上神聖舞台對那些身負罪愆的社會病菌進行質詢一樣。

不是擔心績效或者浪費社會資源因此不輕易起訴，而是由於每次起訴，都將成為每個人人生的重大轉折——甚至也包括和那些人相關的親朋好友的人生，故此更需要謹慎以對。

不過，也正因為如此，周書彥不斷告誡自己，一旦在法庭相見，在檢察官席坐定的瞬間便要掃除所有雜念，只堅信一件事：絕對——絕對要讓那些傢伙，為他們的所作所為付出慘痛的代價。

小佳遲遲沒有開口問他現在要去哪裡。

並非僅僅不敢打擾神情凝重的周書彥。而是就算問了，周檢也不見得會坦率回答；再者，就算他真的回答了，自己也不見得知道那是什麼地方——畢竟小佳連為什麼現在要跟著周檢都還摸不著頭緒。

沒錯，自己只是按照大吾學長的指示去做而已。

但就和以往經驗相同，無須過問，大吾學長這麼做一定有他的理由——而他也相信自己能夠靠自己的力量發現那個理由。

計程車緩緩減慢速度，最終在一條兩側零星搭建鐵皮屋的馬路邊停下。車一停下，伴隨引擎運作聲響，車身震動更顯劇烈。

搭了好久啊——小佳用手背擦了擦嘴角，路途平順，陽光暖和，抵達目的地前，中途不小心打了兩、三分鐘瞌睡。計程車費突破六百塊。小佳開啟手機網路定位系統，好判斷目前身處何處。

要不然大吾學長問起來就丟臉了——小佳恨鐵不成鋼使勁往自己的大腿掐捏一下。

計程車倒車調轉方向，很快便從兩人視線中消失。

周書彥穿過空無一人的柏油路，柔韌路面吸收了他的腳步聲，小佳趕緊擺動雙手跟上。他的步伐大而穩健，繞過矗立於路旁那棟接近兩層樓高、似乎曾經是汽車修理廠如今鐵門深鎖的的鐵皮屋，往後方另一幢較為低調破落的鐵皮屋走去。

儘管滿肚子困惑，小佳依舊將追問的念頭強行壓抑下去，只是維持一段距離尾隨在周書彥身後。

周書彥閃身進入鐵皮屋羽翼般延展開來的長形陰影底，身上那件淺棕色西裝霎時變得陰暗。他就這樣靜靜佇立著，胳膊反剪在後，雙眼望向遠方反射一整片燦然日光的道路盡頭。

眼前景象讓小佳不由得聯想到美國早期的西部電影，心中默默滾過一團稻草。

好幾分鐘過去，他仍然動也不動。

小佳無端被激起好勝心，決定跟對方比拼耐性。

鐵皮屋屋簷本來就不算寬，再加上陰影隨著逐漸往天空正中央爬的太陽變得愈來愈短、愈來愈細。她後退半步，稍微往內側靠，手臂和側頸肌膚立刻感受到鐵皮屋散發出的濃厚熱氣——還真是眼下處境最貼切的寫照：尷尬、進退維谷。

彷彿擔心被周書彥聽見自己的心聲，小佳挑起眉尾偷偷瞄向他，他白皙的臉龐即使罩在陰影裡，依然泛著猶如瓷器般的溫潤光澤；表情不受絲毫驚擾，宛若一座大理石雕像一逕遙遙望遠眺。

他在等誰呢？

汗水從眉尖擦過、支流似的在臉上分岔開來時，小佳在心底拋出疑問。

4

沒有走動，甚至連一根菸也沒抽——只是打個比方，和三十幾年的老煙槍韓平不同，周書彥從不吸菸。也不吃檳榔不喝酒甚至從來不遲到。說不定連打嗝放屁都不會。盤腿坐在乾枯雜草上的小佳忍不住在心底嘆了口氣，感覺關節全都生鏽發硬。

從上午到黃昏，周書彥居然在那裡一連站了將近七個小時——比小佳參與過的任何跟監行動還更像跟監行動。

這段時間，小佳光顧了附近十字路口的便利商店四趟——說是「附近」，來回也得走上二、三十分鐘：兩次買水、一次買午餐，最後一次，則是借廁所。

隻身行動時，小佳曾經猶豫過該不該打通電話給大吾？這念頭只出現過短暫一秒鐘便被打消。畢竟目前為止，周書彥還沒有採取任何「實際」行動——報告內容若是只有地點也未免太貧瘠空洞。

太丟臉了……這我可做不到。

小佳一面挖著添加夏威夷豆的奶白色冰淇淋，一面暗暗和自己商量。

啊、離開太久了！得趕快吃完才行。想著想著小佳又挖了一大匙。

「美式咖啡。」打直手臂，小佳將掛在手腕上的咖啡遞到周書彥胸前。

周書彥默不作聲接過去，垂頭啜了一口。

夠燙，她還記得自己喜歡特別燙的美式咖啡。

他壓低視線瞄了坐回一旁草地上的小佳——會被大吾選中，除了個性直率、眼神明亮以外，果然還有一些其它的特質啊……而這些特質，恐怕是韓平和自己所欠缺的。思緒到這裡戛然中斷，只見周書彥目光頓時聚焦像是鎖定了獵物，忽地有了動作，將自己彈出陰影往前快步走去。

小佳連忙撐起身子緊跟過去。周書彥小跑步起來，西裝隨著他身體的扭動咬緊腰背。

只見遠方，一台瘦瘦的腳踏車搖搖晃晃，維持著微妙重心朝兩人騎過來，車身褪漆生鏽、零件老舊發出一連串奇怪聲音好像隨時都會解體。周書彥直接擋在腳踏車前，逼得對方不得不煞車停下。

可能是煞車壞了，對方直接踩住地面，身子斜傾，用左腳支撐鐵骨人皮。

那是一個穿著國小制服，看起來大概是三、四年級的小男孩。

現在是在演哪一齣啊——擺頭來回打量兩人，小佳完全搞不清楚狀況，感覺自己像是個走錯棚的臨時演員。

小佳無法理解，爲什麼經歷上午韓平學長遇刺一事後，周書彥做的第一件事，竟然會是搭上一個多小時的計程車、接著又等上七個鐘頭一雙腿恐怕都站麻了來這裡見這個小男孩？

「小桐，你好啊。」周書彥俯低身子配合小男孩的身高輕聲說道。

隨著說話對象切換模式，不愧是檢察官——很會打官腔啊。

其實只是想揶揄周書彥而已。這項能力，是任何一個身爲偵查員的人都應該具備的。

誰教他總是有意無意刁難大吾學長，將行政資源優先給其它隊——她突然好奇起來，爲什麼韓平學長會和身處檢察機關的周檢這麼合得來？不只是合作調查案件而已，而是和大吾學長和自己一樣，是搭檔。

不是不行，只是這種情形並不多見。

偵查員和檢察官的關係相當微妙，儘管共同偵辦一樁刑案，名義上是「團隊合作」，地位看似對等，但實際上，從「稱呼」便能窺見端倪——偵查員通常要尊稱檢察官「檢座」，早先甚至連面對書記官都要記得喊「書座」。

簡而言之，檢察官是偵查主體、是大腦中樞，握有制定偵查方針的最終決定權，經常他們一句話，就得以讓整起案件調查方向大幅度調轉；至於偵查員，則是肌肉四肢，說白了，就是負責出力、跑腿的。

該死的調度司法警察條例——

除非制度修訂，又或者檢警內部進行再教育重新協調，否則檢察官和偵查員兩者之間看似夥伴平等、實則蘊含上對下階級意味的矛盾關係恐怕暫無轉圜餘地——當中關鍵原因在於，偵查員費盡千辛萬苦掌握的線索、冒著生命危險逮捕勞心耗神問供的嫌疑人，無論做再多努力，在「正式流程」中，到最後，卻必須依靠檢察官的權力才有辦法對嫌疑人提起告訴，案子才終有偵破的可能。

而對於被害者、被害者親屬——當然還有警方，「破案」是最重要、有時候甚至是唯一的事。

不是想爭功、想當一錘定音收場的超級英雄，只是長久下來，總有種所有好處都給檢察官一碗捧走、到最後白忙一場的無力感。

被周書彥親切喚作「小桐」的小男孩遲遲沒有應聲，只是睜著一雙黑亮眼睛直勾勾盯著他。不曉得是不是眉毛粗濃、掩近眼睛的緣故，小男孩的眼神異常專注，像是想在周書彥臉上看出兩個窟窿來。

「小桐——」周書彥手伸向小佳，小佳先是怔愣一下，才意會過來。

難怪——小佳從口袋裡掏出剛剛在便利商店買的棒棒糖。

原來不是他要吃的啊——廢話。小佳隨即在心底吐槽自己。

一手按住大腿俯低身子，周書彥另一手接過後，將有著條紋色彩的棒棒糖湊到小男孩面前——美國進口的棒棒糖比他的鼻頭還大，捕捉蜻蜓般捏穩纖細白色棒身，在他面前緩緩繞起圈子：「小桐，周叔叔有幾個問題想問你——」說著說著再度將重心壓低，最後索性蹲下來。

小男孩踟躕半晌，終於還是禁不住誘惑，接力奧運聖火火把似的，握住周書彥手中的棒棒糖。

很好，交易成立——周書彥下意識握緊抵在膝蓋上的拳頭。

小男孩點了點頭，周書彥擠出笑容說道：「首先，我想問你，今天早上，八點鐘左右，你爸爸和哥哥在哪裡？」

節拍器似的，小男孩的頭一下子往右擺，一下子向左晃——彷彿整理房間亂了一地的玩具般，在腦海中把今天一整天的回憶慢慢撥在一起。小佳對於小男孩的舉動忍俊不禁，突然有一股欲望，想伸手摸一摸他的頭安撫他說：「不用這麼努力也沒關係喔！」

「想到了嗎？」周書彥試圖引導：「今天早上，你幾點起床？」

「七點！」小男孩踮起腳尖，想也不想便大聲回答。

「那時候，爸爸和哥哥在不在家？」

「你又要幹嘛？」

小男孩正準備開口，嘴巴已經抿得成一條線——一道聲音冷不防闖進。

順著雄渾話聲看過去，就在那瞬間，小佳找到了「那個理由」。明白周檢爲什麼會第一時間趕來這裡——站在他們面前的，是一個身穿高中制服，體格厚實魁梧、身高顯然超過一百九十公分的少年。

5

少年將腳踏車隨手放倒在地，掀起一大片沙塵，撇開頭將斜揹著的書包取下一把抓在手上，直直往這邊走來。「你又要幹嘛？」他又一次粗聲追問道。

「沒什麼，只是……有幾件事想問。」周書彥站起身來，習慣性整了整西裝外套。在這裡待了一整天，皮鞋光滑鞋頭附著一層厚厚的黃土。

像築起一道高牆，少年將小男孩擋在自己身後，雙臂略微向外撐敞開來，體型頓時更顯巨大。粗大手腕上戴著一圈作工細緻、顏色繽紛的幸運繩，在他小麥色肌膚相襯下色彩益發飽和。

好久沒看到了——小佳心想那是自己中學時代流行的東西吧？

像是想掩飾自己聲音中的稚嫩，少年俯視周書彥，刻意擠壓嗓子喊道：「哭夭！我們有什麼義務回答你？你憑什麼——」尾音分岔，剩下的話語被突然湧上的情緒鯁在喉頭。

「我——」

「你們來這裡做什麼？」另一道聲音乍然響起，打斷周書彥的發言。

難得看到周檢這麼狼狽。

小佳暗忖，扭頭看過去。

這回，是一名看上去年近五十中旬的男子。男子體格略顯中廣，但看得出脂肪底下有著一層厚實肌肉，顯然是以粗工為生。黝黑粗糙的皮膚進一步佐證小佳的猜測。長時間曝曬在日光底下，身上那件濕了又乾乾了又濕的泛黃汗衫到處一塊一塊汙漬、起了毛邊的牛仔短褲沾滿結塊泥沙，頭上還戴著工地專用的亮黃色安全帽，綁住下顎的麻質扣帶吸飽汗水變得黏膩。

男子解開扣帶，摘下安全帽，露出灰白平頭，不疾不徐分別定定看了小佳和周書彥一眼：「你們來這裡做什麼？」最後目光停在周書彥身上，嘴唇滲血般紅得艷麗。

也超過一百九十公分——說不定比這名少年還高。

小佳盤算著。

「你們居然還有臉出現在這裡——哭夭，賊頭就是賊頭，我操你妹的！」少年發難嚷嚷道。

「阿揚，進去。把你弟帶進去，這裡沒你們兩個的事。」

表情看似叛逆、憤怒，內在底蘊卻和所謂的「暴戾之氣」相去甚遠——小佳沒有放過任何一個觀察少年情緒的機會。少年犯罪是她近來關注的領域。

小佳不否認這和大吾的兒子小軒有關。她想更了解任何和大吾相關的事。

少年沒有反駁男子，先是惡狠狠瞪了周書彥一眼，接著便往弟弟背上的卡通書包輕輕推了一下，示意他趕緊和自己進屋去。

鐵皮屋門一關上，男子忽地別開頭，將鮮紅色檳榔渣吐在沙地上。

那瞬間，小佳想起在韓平運動衣上暈染開來的大片血漬。注視著周書彥的背影，她知道他肯定和自己想到同一件事。

半晌過去，見周書彥出乎意料緘默不語，男子沒打算繼續和他僵持下去，皺起眉頭眉心深刻往下凹陷，邁開腳步，用力擺動胳臂揮舞手上的安全帽，利用反作用力將身子大幅度往前划動。

「韓平他，被刺傷了。」和面對小男孩的態度截然不同，再開口時，周書彥單刀直入。

男子拽住龐大身軀，將安全帽夾在汗涔涔腋下，從短褲後方口袋掏出擠壓變形的菸盒，點起菸，隨手將打火機扔進安全帽，從鼻腔深處重重哼了一聲：「什麼時候的事？」

「今天早上。」

「喔、喔……喔——原來是這樣……」男子恍然大悟，猛點著頭，咧嘴從喉頭擠出粗嘎笑聲：「你認爲——是我刺傷他的？」

被對方說中想法的周書彥不動聲色，依舊沒有回應。

也不管對方是不是正試圖從動作、表情分析自己，男子話匣子一開，自顧自接著說道：「坦白說，我想過——眞的想過，而且還想過很多次。很想很想，但我沒有做。」說到這裡，他又停住，但停頓的時間沒有之前長：「至少這一次不是。」語畢，他又吸了一口菸，雙眼瞇起籠罩在煙霧裡，目光益發迷離。將菸扔在地上踩熄：「還有問題嗎？」男子雖然嘴上這麼問，卻已經跨出步子，打定主意強行結束話題。

小佳情不自禁往前走了幾步，出聲喊住男子：「還有——」

「阿揚呢？」周書彥忙不迭說道，聲音和小佳重疊在一起。

重疊的聲音發出金屬鐵器敲打共振時特有的脆冷聲響。

男子側過身，嘴唇細細蠕動，瞅著周書彥的眼睛充佈血絲。

「他還是個孩子。」

「在父母眼中，孩子永遠都是孩子。」周書彥話中有話。

小佳明白他的意思，她知道男子肯定也明白——

犯罪年輕化，這十幾年來一直是犯罪預防領域的熱門探討議題，甚至有甚囂塵上的趨勢——不僅僅是在國際上，國內也有許多專家學者極力呼籲注重這方面的研究，主張應該下修刑法、甚或少年法適用的年齡。

少數的精障傷害、異端殺人事件暫且不提，至少能稍微遏止販毒和暴力集團利用未成年少男少女從事非法活動的囂張行徑。

「幹——」聲音才剛發出，男子已經一個箭步衝上前，使勁揪住周書彥的襯衫衣領，將他往前拽。發展過於戲劇性，小佳一時間無法回過神來，只見男子太陽穴青筋暴凸蚯蚓般細細抽搐，噴得周書彥滿臉唾沫咆哮吼道：「你這傢伙、再唬爛我就一拳揍下去——阿揚他、他才不會做這種事！你們不值得他做這種事！」

「這種事？你是指『犯罪』嗎？你現、在不就打算做嗎？」周書彥冷靜到近乎冷酷，語氣還帶著點揶揄，似乎早已預料到對方會做出什麼反應。

小佳不曉得自己該在什麼時間點出面緩頰——

又或者打從一開始，這場會面就沒有自己介入的餘地？

「我——這不一樣……」男子抓住周書彥領口的手指更加蜷曲，衣領深深咬進周書彥的後頸。他的指頭結滿厚繭。

「對不起。」周書彥忽然放鬆下來的神情，和突如其來的道歉，讓小佳和男子同時怔愣住：「根據目前調查，兇手的身高比韓平高……推測超過一百九十公分。」

這是關鍵線索。

如果是大吾學長，會透露給對方嗎？又或者，會選擇在這個時間點透露嗎？

小佳不禁思索起大吾的辦案方式。

辦案方式，沒有絕對的對錯，也沒有絕對的好壞——她想大吾學長一定會對自己這麼說吧。明知道他說的有道理，但這種帶著說教意味的「分享」，聽在絕大多數人的耳裡，恐怕會認為是「教訓」吧？

唉，難怪會不討人喜歡了。一想到這裡，小佳不由得啞然失笑。

也不能拿他怎麼辦，男子心不甘情不願鬆開周書彥的衣領：「超過一百九十公分……這樣的人很少吧？對你們來說。」

「目前我能想到的，只有你們兩個。」周書彥再度據實以告，從容理了理領口，鈕釦感覺有些鬆脫，好像輕輕一碰就會斷落。

「所以對你來說，超過一百九十公分的人並不少見囉？」小佳沒有放過這個機會，連忙插進兩人的對話，讓自己的「存在」在這場會面中產生意義。

男子像是這會兒才想起來原來還有另一個人在這裡，斜睨著她說道：「阿揚他是學校籃球校隊，打前鋒，他們隊上身高超過一百九的人多得是。」

「哪所學校？」

「后綜高中。」

后綜高中，是HBL——「高中籃球聯賽」（High School Basketball League）的常客，是傳統的籃球強校。小佳腦海中浮現這條資訊，起初感到困惑，隨即回想起來是兩個月前，為了準備局裡籃球對抗賽練習時阿碩偶然提及的。

和韓平不同，阿碩不是籃球迷——甚至可以說是運動白癡，之所以聊到，是因爲他有一個表弟是從那所高中畢業的，是當年HBL冠軍賽的MVP，據說明後年準備前往中國CBA（Chinese Basketball Association）發展。

「校隊啊……練習一定很辛苦，應該每天都要很早就起來練習吧？」

「這傢伙很不錯……」男子意味深長嘀咕道，匆匆瞄了周書彥一眼，接著定定注視著小佳：「妳現在是在調查不在場證明吧？」

「職責所在。現在有人受傷，我們就必須找出行兇的人——雖然這麼說對受害者過意不去，但我認爲，比起讓對方爲自己犯的錯付出代價，更重要的，是要避免下一個受害者出現。」

周書彥佩服自己能說出這套冠冕堂皇的說辭——如果對方攻擊對象眞的是韓平，那麼，就不會有下一個受害者。

男子肌肉結實隆起的肩膀稍稍放了下來，像兩座緩坡。小佳知道，這是對方鬆懈下來、打算和他們溝通的徵兆之一。果不其然，男子舔了舔沾附焦油氣味的黏膩嘴唇說道：「阿揚他五點半就出門了。」

「五點半？這麼早？」對小佳來說，五點半起床簡直要她的命。

如果是冬天，那簡直會要她去要別人的命。

「六點要晨練。」

「每天？」

「除了禮拜天。禮拜六如果不能到，還得事先向教練請假。」

「也就是說，五點半以後，你就沒見過他了？」小佳做最後確認，男子揪住眉頭似乎在說：「這我剛才不是說過了嗎？」

一旁的周書彥瞥向她，他十分清楚小佳之所以提出這個問題的原因。

她也在同時確認鄭志鴻是什麼時候離開兒子的視線。

「接下來……輪到我了，對吧？」沒有聽出小佳弦外之音的男子似笑非笑咕噥道，有種調侃自己處境、近似搞笑藝人的悲涼感。

6

也沒有不在場證明啊——不，精確一點的說法應該是：目前還無法證實兩人的不在場證明是否「有效」。

男子名叫鄭志鴻，四十五歲——防曬果然很重要。八點出門上工。

根據醫院的紀錄顯示，接獲電話的時間爲八點四十七分。

韓平是在住家附近遇刺的——從這地方到那裡，騎機車差不多需要半小時到四十分。

即便路況再好，恐怕都得花上二十五分——

接下來有待確認的事還有兩件：一是阿揚今天在校隊的晨練狀況；另一則是男子工地的情形。

是要分頭進行還是——小佳思忖著這些事，但在這之前，還有一件更重要的事必須優先處理。注視著周書彥的背影，他的髮尖和後頸流淌晶亮汗水，穿在西裝外套裡的襯衫、內衣什麼的恐怕早就濕透緊緊貼黏身體。

小佳開口說道：「那個男的……鄭志鴻他、是不是——」

「線民。」周書彥沒有等小佳說完。

「韓平學長的線民？」

周書彥點了個頭，陷入沉默。

果然——

大概曾經是某幫派的其中一員——混過、不，小佳不喜歡這種說法，就算被說假道學、僞君子也無所謂。有過「那種經歷」的人，都會散發出一種很明顯的氣質。要辨識出這種人對小佳而言不是難事。「辨識」需要的大多是「直覺」，這和需要一定程度的「證據」才能夠論定的「判斷」不大一樣。

「他老婆，上個月去世了。」

「去世……該不會——」

周書彥立刻又點了個頭。

尋仇——鄭志鴻的線民身份被某些黑道份子發現。

這是線民的風險之一。犯罪離不開人，人離不開土地，「地緣關係」是偵查過程中非常重要的一環，往往能成為調查的基礎、破案的開端。

因此不少偵查員會暗中「培養」自己的線民，像是在為自己建立一支小小的軍隊巡視城鎮一樣。

不得不承認，實際上，在很多案件裡，線民確實發揮很大、甚至是相當關鍵的功能——尤其是討債賭博、毒品買賣或者組織犯罪等牽涉到黑道勢力的大案子。

很聰明、不、幾乎可以說是十分狡詐的方式——由於鄭志鴻是黑道出身，儘管表面上已經脫離幫派，然而誰都曉得，只要沒有徹底搬離這塊土地、脫離原來的生活圈，就不可能眞正和過往一切劃清界線。爲了留住這顆未來也許能派上用的棋子，他們選擇不直接對線民本人下手，而是他的家人……首先是妻子，如果他「聽不懂」這個警告，接下來就是兩個兒子。

不，倘若消息眞的走漏，恐怕不只是原先的敵對組織，鄭志鴻也有很大可能受到先前所屬幫派的「懲罰」。

小佳無法理解：爲什麼有人願意當線民？

還記得大吾學長說過，絕大多數願意捨身犯險的線民，是出於對警方的報答之心，當然，還有信任——不，與其說是出於對警方的信任，應該說，是出於對身爲警方其中一員的「那個人」的信任。當時大吾迅速更正自己的說法。小佳隱隱約約明白當中的差別，卻還是無法坦然接受。

拜託，沒有任何獎賞就算了，還不受法律保障！出了事甚至可能被接觸的員警撇得一乾二淨，根本是世界上最吃力不討好的事——

小佳也知道大吾當初沒有說完的部份——除了「信任」，還有「威脅」。甚或兩者並存。這就是線民和警方之間的微妙關係。如此看來，所謂的「知錯能改善莫大焉」並不一定成立：人只要一旦做錯事，那個錯誤，往往就會跟著自己一輩子。

不知道韓平學長和鄭志鴻兩人之間的千絲萬縷是屬於哪一種——

想起周書彥和鄭志鴻的互動：「所以他也是檢座的……」

「不是。」周書彥搖頭否定，摘下眼鏡，用食指和拇指指尖掐了掐兩眼的眼頭：「這是我和他第二次見面。上一次，是他妻子的告別式。」

「告別式……韓平學長帶你去的？」

「不是。」又一次搖頭否定，他的手枕在大腿上，用鏡架下意識輕輕摩擦另一側膝蓋。周書彥撇開臉，看著倒映在店家櫥窗中模模糊糊的自己，唇角泛起若有似無的笑意：「是我自己堅持要跟去的。」

不知道要說什麼，小佳索性什麼也不說。儘管看似躁動外向，但面對需要耐心的場合時，她往往能比其它人更耐得住性子。

「阿碩他，曾經拿我們和你們比較。」

小佳等到了出乎自己意料的開展。

「比較？」

「天組和地組啊——」

「天組」指的「大」吾學長和「一」維學長，那麼相對的「地組」當然就是——

「放心，不是誰好誰壞的那種比較……阿碩他，說自己很崇拜大吾，不過——很羨慕我。」

崇拜大吾學長……卻羨慕周檢？小佳不明白阿碩的話中涵義——要是他在這裡就可以往他手臂用力一捶問他葫蘆裡到底賣什麼藥？

「他說我和韓平，是並肩前進的。」

並肩前進——也就是說，阿碩認爲大吾學長和自己的情況不是如此。

「妳知道阿碩怎麼說嗎？」他似乎沒有意識到自己挑起眉尾：「他說，大吾哥身旁的人好像都在追趕著他。」

「欸欸、阿碩那傢伙把我放在哪裡？」小佳噘起嘴嘟囔道。

「放心，他還說了——只有小佳那跟屁蟲，跟得最緊。」

「眞的……他眞的這麼說？這不像是阿碩會說的話。」小佳看向周書彥，跟著挑起眉尾：「他該不會是喝醉了吧？他酒量超差的。」

「是啊……他酒量眞的很差，想知道什麼事，請他喝酒準沒錯。」周書彥說著說著終於稍稍放鬆了嘴角。

7

阿揚——鄭日揚，確實參加了昨天的晨練，但他的不在場證明卻不完整。

根據隊友的說法，練習過程中，阿揚曾經消失將近二十分鐘。

小佳身高一百七，在女生中算是頗爲高䠷，站在一七八的大吾身旁一點也沒有小鳥依人的感覺；然而此刻，被一群平均身高逼近一八五的高中籃球員團團包圍住，轉瞬變成了小矮人。

「二十分鐘嗎？」小佳一面嘀咕道，一面在筆記本上飛快寫下，抬起眼和其中一個二頭肌鼓脹發達的少年對上視線：「你們練習時間多長？」

「三個小時，從五點半到八點半。」少年答道，抓了抓額頭，手腕上戴著黑色橡膠圈，上頭是某個國際運動品牌的浮雕LOGO。

「哇塞——練這麼久？」

「不算久吧？練習內容包括熱身、肌耐力訓練、收操什麼的，我們還覺得時間不夠用呢！」另一個臉頰長滿青春痘、額側留有兩三道明顯痘疤的少年偏著頭說道，不少人紛紛點頭附和。

小佳下意識掃視一圈，鄭日揚還沒來啊——今早來學校調查前，自己已經做好碰上他的心理準備。收拾好思緒，小佳繼續發問：「你們有人還記得，鄭日揚同學是在幾點離開的嗎？記不清楚也沒關係，大概的時間就好。」

「七點五十。」有人冷不防說道，語氣出乎意料決絕。

小佳跟著眾人的目光看過去，出聲的，是一名體格瘦小、在這團體裡存在感突兀的少年：「妳、妳好……我是籃球隊的經理。」

經理？一般來說，男子球隊的經理不都是女生嗎——小佳想起自己念大學時，三位室友分別是壘球隊、羽球隊和排球隊的經理；想當然耳，自然是醉翁之意不在酒。

「七點五十？你怎麼記得這麼清楚？」

「因、因爲那時候，幾分鐘前、大概是四十五、六分吧……教練說臨時有件事要先回辦公室處理，要我幫忙看一下球隊，然後……然後不久鄭同學就抱著肚子離開，好像……好像是肚子痛……因爲兩個人接連離開球場，我習慣性看了一下手錶，剛好、剛好是整數……所以就記起來了。」雖然由於緊張而囁嚅，但條理清晰。

二十分鐘，也就是七點五十到八點十分——從學校騎腳踏車到韓平學長遇刺的地方，來回大概需要十五分鐘。時間有點緊，但並不是完全不可能。小佳暗自估算著。不曉得周檢那邊調查的結果怎麼樣？不過可以肯定的是，不管是哪一個答案，都無法讓小佳的心情明朗起來。

一股不痛快的陰鬱感受揮之不去，像凝結在手錶玻璃內側的水氣。

「請問……日揚他、發生了……什麼事？」

終於。

終於有人問出在場所有人打從一開始就想問，卻又深怕知道、進而逼迫自己壓抑心底的問題，彷彿那是個潘朵拉的盒子——不，甚至比潘朵拉的盒子更教人忌憚，連提及都需要鼓起萬分勇氣。

他們是他最親密的戰友——他們知道他媽媽前陣子過世的事嗎？

也難怪會小心翼翼了。

「不好意思，偵查不公開。」小佳制式化回答，停頓一下，深呼吸一口氣後接下去說道：「我現在能夠告訴大家的是，不要在結論出來之前，輕易決定一個人的價值，對任何人下定論。這既不道德，也不公平。」

說完這段話，她忽然感到害臊。強烈的害臊。感覺莫名其妙開始對這些學生說教的自己，像是個老氣橫秋、倚老賣老的人——就像、就像自己從前最討厭的那種老師。

「全部都聚在這裡做什麼？熱身結束了嗎？」聲音從後方炸過來。

「教、教練——我、我們剛……」

教練——是女的啊。

倒不是性別歧視，而是刻板印象——不過……呃，這兩種有差別嗎？小佳暗暗在心中檢討自己的想法太迂腐狹隘，一面解釋來意：「不好意思，妳就是他們的教練吧？是我耽擱了他們的練習時間……是這樣的，關於昨天發生的某起案件，我們這邊有幾個問題需要你們的協助。」

「案件？什麼案件？妳是……」女教練皺起眉頭瞅著小佳。

小佳已經很習慣這種眼神，瞇細眼笑道：「我是中打——中部打擊犯罪中心的偵查員，妳可以叫我小佳。」

「偵查員？」

「就是刑警。」態度輕鬆，像在說明海蜇皮其實就是切絲的水母，小佳聳了一下肩膀解釋道。她也已經很習慣每次都要跟一般民眾介紹這個職銜。緊接著目光一斂，隨即切入正題：「我有幾個問題想詢問教練，不知道……教練現在方不方便？」

「我要帶他們晨練。」

「很快。我只需要五分鐘。」見女教練面有難色，小佳決定施壓：「聽說教練昨天練習的時候也曾經離開過——好像是臨時有事去辦公室？」

女教練的臉瞬間垮下來，伸長脖子，朝那名二頭肌鍛鍊發達反射出一圈光亮的少年喊道：「先帶他們熱身——確實熱身。」

小佳和領在前方的女教練保持一段若即若離的距離，兩人來到籃球場鐵絲網外的木棉花林蔭底下。儘管木棉花此刻還正沉眠，枝節乾淨，可再過不到一個月的時間，枝頭就會綻放一整片綿延而去、燃燒般的橘紅色花海，伴隨夏風飄揚起漫天飛絮。

一站定腳步，女教練踩穩重心迅速轉過身，雙手環扣胸前，垂掛在腦後用彩線束起的長馬尾劇烈搖擺起來，帶著點挑釁的意味——她比小佳高上半顆頭，雖然一句話都還沒說，居高臨下的睥睨目光已經傳遞出這個訊息：有話快說，妳到底想問什麼問題？

「教練好年輕，應該三十出頭而已吧？三十一、還是三十二？」

「三十一。」女教練明快答道，板起臉孔，一副：「所以呢？」催促小佳趕快說下去的模樣。

小佳闔上筆記本：「再來，是最後一個問題——」先是詢問年紀，接下來就立刻來到最後一個問題，女教練一時間恍惚反應不及。

就是現在！必須快、狠、準——宛如和獵物狹路相逢，小佳緊緊盯住對方的眼睛。

「『勝負感』是妳最大的武器——」

很長一段時間，小佳搞不懂和大吾搭配之初，他對自己說的這句話，究竟是稱讚？抑或是對期許？經過這些時日，她覺得自己逐漸明白他的意思了。

就在女教練艱難吞下一口口水的剎那，小佳放開箭，接續未竟的話音直直射向靶心：「妳是不是在和他交往？」

女教練知道，小佳口中的「他」，指的不是別人，正是鄭日揚。

「妳——爲什麼……」

小佳戳了戳自己的手腕：「他手上的幸運繩……和妳用來綁馬尾的一模一樣。」

女教練知道自己方才的詫異和疑問已經透露了一切：「就……因爲這樣？」

「還有身爲女人的直覺。」小佳咧嘴笑道：「雖然這個理由妳或許不相信就是了。」

「不……」女教練嘀咕道，搖了搖頭，卸下心防似的苦笑說道：「不讓女生參與籃球隊的事務，果然是正確的決定——女人的事，有時候還是只有同樣身爲女人才能夠發現。」

「目前為止，這還是屬於你們兩人之間的事，所以妳不一定要回答我接下來的這個問題……」

「剛剛那不是最後一個問題了嗎？」女教練調侃道，語氣鬆軟眼神渙散，小佳判斷可以從她那裡得到任何自己想要的資訊。

「不好意思，這才是『真正的』最後一個問題——」說到這裡，小佳忽地收起笑容，瞪大的雙眼猶如兩盞在漆黑隧道裡射出熾熱白光的車頭燈：「日揚同學昨天晨練消失的二十分鐘，是不是和妳在一起？」

8

這麼看來，刺傷韓平學長的人就是他了——

小佳在心中嘀咕道，瞥了一眼照片，而後悠悠看向柏油路面。

蒐證一結束，在附近居民要求下，血跡已經迅速被沖刷乾淨：「就是這邊吧……」一邊比對周遭物景，小佳緩緩站起身。

照片裡，柏油路面被染出一大灘血，由於事發地點是連通兩條大馬路的橫向巷弄，籠罩在陰影裡的血跡並不鮮艷，像是蒙上了一層灰。

「流了好多血……」沒有其它外傷，只是一道傷口……光是想像要多大多深的傷口才會流出這麼多血，小佳便不由自主打了個寒顫。

「咦——小佳？」

忽然被喊到名字，小佳反射性又顫抖了一下，促狹往巷口望去。

站在光影交接處的人是白芯穎，打扮和前天在病房初見時差不多，只是襯衫換成了繡球花般的粉紫色，將她的肌膚襯托益發白皙。

「妳、妳好！」小佳快步走向那道纖細身影，從外頭傾斜刷入的日光，從鞋尖一層一層把對方的身體臉龐髮絲逐步照亮。

「妳好。」白芯穎點了個頭，聲音清脆，她手上提著一個有著狐狸圖案的環保麻布袋，裡頭裝著不鏽鋼容器。

「鱸魚湯？」

「沒錯。」像是在做重量訓練，白芯穎將手上的袋子往上提了提：「果然和他們說的一樣——」

「和他們說的一樣？」

「他們說妳很擅長烹飪。」白芯穎將垂落的髮絲撩至耳後，皺了皺鼻頭輕笑一聲：「那是我最不擅長的事。」從口袋裡掏出手帕，稍稍偏頭按了按沿著側頸往鎖骨流淌的汗水。

「沒、沒有啦，只是貪吃而已！對了——我想，應該……應該快找到了。」見白芯穎不但沒有反應，眼底還透出一絲困惑，小佳於是把話說完：「刺傷韓平學長的人。」

「是嗎？」白芯穎對偵查進度顯然沒太大興趣，話鋒倏忽一轉：「反覆回到現場……不愧是大吾的搭檔。」

現場百遍。

「不、不是搭檔——」小佳也不清楚自己爲什麼要反駁得這麼快。

「在我看來，這就是搭檔喔！」白芯穎眼睛瞇得更細了。

「怕有什麼遺漏的地方，想試著走一次韓平學長平時慢跑的路線。」小佳強行拉回原先話題，說到這裡垂眼看了看手錶：七點三十七分。

「『愈是有辦法想像被害人眼中的世界，就愈是能看清楚案件的全貌』。」白芯穎依舊掛著猶如蝶翅撲動的輕盈笑容：「這是二十世紀末，某個義大利犯罪小說家提出來的看法。」

「『愈是有辦法想像被害人眼中的世界，就愈是能看清楚案件的全貌』……」小佳細聲重複一遍。

昨天在回程的計程車上，小佳從周書彥那邊得知，白芯穎在「犯罪被害者保護協會」工作，這幾年一直在努力提倡「修復式正義」。

修復式正義的終極目標簡而言之，就是：讓加害者和受害者或者受害者家屬和好。

不知道她和韓平學長是怎麼認識的——小佳不由得好奇。總覺得眼前這個女人像水，一潭清澈的水。儘管純淨透明，但因爲陽光折射率不同的緣故，光用肉眼觀察，是絕對無法知道確切的深度。

譬如從病房兩人第一次接觸到現在，對於韓平學長遇刺一事，身爲妻子的她，態度始終令人難以捉摸……儘管偶爾流露出擔憂的神情，然而舉手投足間帶給人更加強烈的感覺反倒是「從容」——小佳知道這絕對不是自己的錯覺。

爲什麼？

這種每次在破案前都會浮現的不確定感。

雖然是「不確定感」，卻總是可以爲小佳提振信心——只差臨門一腳。

在飄飄蕩蕩的感覺中摸索、重新梳理案情，讓她清晰意識到：自己距離眞相只差臨門一腳。

「芯穎……小佳？」

「書彥。」白芯穎揮了揮手，尾音沒有上揚，似乎刻意收斂了情緒。

「檢座？你也來了？你那邊——」周書彥使了個眼色，小佳連忙綳住嘴角把話硬是吞回去。

「都這個時候了，我差不多該去醫院了——那傢伙恐怕等得不耐煩了。」白芯穎戴的不是普通的淑女錶，而是類似潛水錶那種質感較具份量、外圍框著一圈用來記錄潛水時間轉盤的手錶：「小佳、書彥，我先走了。」

「不要在相關人士面前談論偵查內容。」

一般來說確實如此——但小佳知道這不是周書彥此刻發難的眞正原因。

一定出現了什麼出乎意料的事——例如：「鄭志鴻也有不在場證明？」小佳的提問一針見血。

周書彥還沒開口，他的表情卻已然說明一切。

他沒有追問小佳鄭日揚不在場證明的確切情形。沒有必要。

因爲參與籃球校隊晨練，原本就是堅不可摧的不在場證明——畢竟是團隊活動，眾目睽睽之下脫身不易；故此，即便實際上，小佳在確認他的不在場證明時的確突發波折，但從結論來看，並沒有偏移他們一開始對於鄭日揚不在場證明的假設。

眞相明明已經近在眼前——小佳不斷在心中跳腳。

這種感覺，就好比在巨大冰塊中發現一個被困住的人，卻不管怎樣用力眨動眼睛、甚至拼命擦拭冰塊，都無法看清楚對方的模樣——而更讓人感到煎熬的是，當時間一點一滴過去，冰塊緩緩融化愈縮愈小愈來愈薄，那張臉孔逐漸變得清晰，突然驚覺自己似乎認得裡頭那個人，卻還是束手無策。

「兩個人的不在場證明都成立啊——又要重來了嗎……」小佳咕噥道。

在冰塊徹底崩垮之前，能做的就是腳踏實地調查。

「我們也還算有默契吧？」重振旗鼓，小佳聲音響亮說道，用球鞋蹬了蹬地面：「回到現場。」這是小佳第一次和大吾以外的人「搭檔」——前提是如果對方也願意承認自己是他的搭檔。

「來找看看有沒有目擊證人。」周書彥推了一下眼鏡，往巷內走去，身影轉眼便被陰影吞沒。他掃視前後通道，夾在左右兩棟二十幾層大樓之間的巷子顯得又暗又深。

「目擊證人？我們昨天不是來找過了嗎？」昨天見過鄭志鴻一家三口、離開鐵皮屋吃過小佳在網路上查到的手工水餃後，他們兩人沒有解散，而是來到事發現場詢問周遭店家和住戶案發時間的情形。因為事情發生在暗巷，算是城市的死角，找不到有用的線索；而四周也沒有裝設監視器——小佳不由得想起從前在台北刑事局服務的日子。

在台北偵辦案件時，監視器往往成為破案關鍵——抑或至少提供一個可以切入的突破口，好比貼紙或者標籤，只要有一角稍微蜷翹得以掐捏作為施力點，就不必大費周章才有辦法漂亮撕開。

再好比去年晚秋「秋紅谷公園女高中生命案」、今年冬末「木嶺公園燒屍事件」，或者前些時候才鬧上頭版喧騰一時的「立委胞弟蓄意撞死女大學生」一案，小佳讀過韓平先前追查那起案子的重大案件報表——即使不是自己實際參與偵辦，她習慣將所有曾聽聞的案件追蹤到底。

讀著讀著，小佳忍不住心想，如果監視器覆蓋率夠高，說不定便得以遏止這些人的犯罪之心——不過冷靜想想大吾學長說的話也對，如果能把所有過錯全歸咎於「外在因素」，那麼人活著也未免太輕鬆了。

「時間。」周書彥說道。

小佳恍然大悟。

和自己此時此刻出現在這裡的理由一樣。乍聽匪夷所思，卻是不折不扣的事實、甚或鐵律——「回到現場」並不算是眞正的「回到現場」，回到「案發時間的現場」，才能夠準確掌握案件的原貌。

「時間」加上「空間」，具備這兩項要素，才是白芯穎剛才提到的：眞眞正正「想像被者人眼中的世界」。

「有什麼收穫嗎？」

周書彥搖了搖頭。

「啊——」小佳冷不防喊了一聲，她突發奇想：「你看！」

周書彥順著她的目光望過去，只見一名男子正沿著對街的人行道慢跑。

引起小佳注意的不是「慢跑」這件事，而是男子身上的運動服——和韓平穿的一模一樣。

眼看男子就要從自己視線中消失，小佳一時間什麼都顧不上，一把挽住周書彥胳膊，勾著他往巷口小跑步過去。他不得不跟著她快步移動，腳步凌亂雙腳差點打結。

「那個人的體格也和韓平學長差不多，你覺得會不會是——」

「搞錯對象？」

小佳扭過頭，睜大眼睛直勾勾看著周書彥，使勁點了個頭。

「妳的思考未免也太跳躍了。」

「可是——」

「一模一樣的運動服，我也有一件。」周書彥的話讓小佳頓時語塞，找不到施力點反駁。在距離街道只差一步的地方，她停下腳步。

周書彥輕輕挪開小佳的手，逕自走出巷子，全身沐浴在陽光底下的他皮膚粉嫩臉頰通紅，看起來像個大男孩。

「你要走了？」

「等一下要開庭。」

「我想在這裡再待一下。」小佳說道，儘管周書彥並沒有真正開口問自己有什麼打算。

她轉回身，忽然被一樣東西吸引了注意力：「啊——」

聽到驚呼聲，周書彥別過頭，只見巷口附近的人行道上，落了一條看起來很眼熟的手帕。

「這是芯穎的吧？」小佳嘀咕道，彎下身子伸手探向顏色柔軟的手帕——就在指尖即將觸碰到手帕的那瞬間，一個念頭閃進腦海，她渾身猛地一震，然後僵在原地再也動彈不得，雞皮疙瘩從腰椎、背脊一路往肩膀脖子後腦杓密密麻麻瘋竄而上。

終於。

小佳終於敲碎了那座巨大的冰塊。

9

「犯人，就是你。」小佳俯視著坐在病床上的韓平，語氣平靜。

韓平不發一語，沒有看著小佳，而是靜靜凝望著窗外。

天氣和自己被送進醫院那天一樣晴朗，天空卻顯得較先前擁擠，層疊堆著煥發出金屬質地光澤的銀白色雲朵。

「或者應該說是——共犯。」小佳瞥向身旁的周書彥。

他靜靜凝望著韓平，顯然沒有打算叫喚他的名字。

她深呼吸一口氣，決定由自己來爲這起案件劃下句點：「韓平學長——是故意被刺的。你是故意……被小桐刺的。刀傷之所以呈現從斜上方往下刺，是因爲那時候，學長其實是蹲著的。」

先是故意跑進沒有監視器、也沒有目擊證人的偏僻暗巷，而後假裝綁鞋帶蹲下來等待小桐慢慢從後方接近自己、攻擊自己——小佳沒有將過程一五一十交代清楚。沒有必要。她知道韓平學長此時肯定和自己的思考同步。

這是身爲偵查員的使命、宿命。或者用大吾的話來說就是：天賦。

「就這樣——當然，這只是我的推理。」話一說完，小佳隨即轉身準備離開病房，然而，就在別過頭的剎那，她瞄見擱在百合花花瓶旁的那鍋鱸魚湯。

感情用事——小佳乍然想起第一次在這裡見到白芯穎的情景，她用來形容韓平學長的話。

小佳慢慢回過身，將手帕對折再對折，摸了摸上頭清淺重疊的花紋，輕輕放在吸收了韓平體溫而變得溫熱的棉被上。

10

周書彥一走出病房，便和在走廊上等待自己的小佳對上視線。

「妳還沒走？」嘴上這麼說，周書彥卻沒有絲毫訝異的表情。

「嗯，還在。」正高舉雙臂伸展肢體的小佳咧嘴笑道，接著雙手叉腰刻意噘嘴說道：「結案報告不曉得該怎麼寫——」

「有人報案嗎？」周書彥問道，難得露出俏皮的表情，下一秒和小佳相視而笑。他摘下眼鏡按了按眼睛，視線落往地板，細聲低喃道：「而且……如果按照妳方才的『推理』，韓平他眞的——是共犯，我可不想因爲一個沒有辦法起訴判罪的人，而損失另一個搭檔。」

「另一個」搭檔——小佳沒有聽漏。

也就是說他已經認定自己是——

相較於眼神明亮的小佳，周書彥收起一派從容的態度，臉色一黯，口吻也突然變得沉重許多：「不過……」

「不過對就是對，錯就是錯。」說話的是大吾，不抽菸的他手中抓著一包菸。是三五。

「大、大吾學長？」

他們當然知道大吾說的沒錯——剛剛的玩笑話只是這對搭檔小小的奢望。

普通傷害罪是告訴乃論。

但襲警，是公訴罪。

在記錄上，這將會是沒有辦法寫結案報告的懸案。

儘管在他們心中已經有了解答。

大吾緩緩朝兩人走近：「那邊我和小佳會去處理，你下午還要開庭吧？」

「那麼，就麻煩你們了。」周書彥戴回眼鏡，目光清澈，溫潤嗓音迴盪在走廊上。

11

「我有開車。」

小佳快步跟上：「學長是不是早就知道了？」

「知道什麼？」大吾側過臉瞥了小佳一眼。

「還裝傻——要不然學長怎麼會一開始就讓我去跟著周檢？」

「我不知道。這次眞的不知道。」大吾沉吟道：「說起來……這一次，我太先入爲主了。」

「先入爲主？」這不像是大吾學長會說的話——他在別人眼中看起來的「先入爲主」，往往是奠基於充分的觀察和縝密的邏輯推理之上，並不是毫無根據的天馬行空。

儘管那邏輯的運作方式常人難以捉摸，更遑論理解。

「我不認爲韓平會這麼容易受傷。」

「偷襲、還是埋伏的話，不管是誰……都很難說一定能全身而退吧？可能的情況太多了！」提出異議，小佳加大步伐。總覺得大吾愈走愈快。

「所以我才說自己太先入爲主——」聲音依舊維持在低頻的大吾，忽然停下腳步，小佳反應不及，往前又多踏了兩、三步才拉住身子。明明就在身後，大吾的聲音從遠處傳來：「雖然跟他共事不過三、四年，但我就是覺得他不會。」

但我就是覺得他不會。

感情用事——聽到大吾說的那句話，這想法又一次從小佳腦中一閃而過。同樣是白芯穎輕柔卻清晰的聲音。

因爲出於對對方能力的信任，推測韓平學長是故意讓人攻擊的；揭開眞相之後又反過來檢討自己過於先入爲主——

她遲遲沒有轉過身去，總覺得自己窺見了大吾學長難得顯露出的一面。

「不過也不是完全沒有根據……案發現場血跡集中、沒有拖行痕跡，表示被刺傷的人並沒有求援的意圖。」大吾重新往前邁步，自顧自說著，再度沉浸在案件之中。

並肩而行，注視著大吾的側臉，不知怎地，小佳直覺在韓平的內心深處，也對大吾抱持著某種信心，無論是以什麼樣的方式顯現在外。

而這些林林總總、幽微曲折的心境，大概是身處在這圈子以外的人所永遠無法體會的吧。

【後記】誤打誤撞的推理創作之路——

去年年初和大家見面的《神的載體》雖然是第一本正式出版的長篇推理小說，但其實是第三號推理作品。本作《送葬的影子：大吾小佳事件簿1》中的第一篇〈羅勒是最哀傷的植物〉，嚴格說來，才是眞眞正正的處女作。

向來喜歡推理懸疑驚悚犯罪的事物，無論小說或者戲劇。然而一直以來，從未有過動筆的念頭。之所以開始寫推理小說，是偶然間看到《幼獅文藝》類型文學平台徵稿訊息，覺得可以趁著賺稿費的同時，練習如何書寫類型小說。

也許有少數讀者已經知道了，〈羅勒是最哀傷的植物〉、〈Frozen〉、〈第三者〉和〈想讓你知道〉等四篇皆曾在雜誌上刊出，不過彼時由於篇幅限制略有刪減；直至此次集結出版，這四篇創作才得以「完整版」呈現在大家面前。

順帶一提，當時的類型文學平台，有和插畫家合作，會爲該期作品配上合適的插圖。這些插畫令人印象深刻——原本只存在於小說裡的人物瞬間變得立體，對作者而言是莫大的鼓舞。

話說回小說文本，當時碰巧接觸了劇本創作，於是創作之初，便抱持著「影像化推理小說」的企圖，期待未來有一天能把自己的作品化作影像。而之所以選擇以「警察」當作主要角色群，最主要的原因在於：這樣的安排，可以讓自己將任何想表達的主題自然而然含括進來——無論是社會議題、獵奇謀殺、懸疑犯罪、本格詭計，甚或警方內部或合作或競爭的糾葛暗流。

所有故事，最終還是得回到「人」身上。

有血有肉的推理小說，是我想達到的目標。

至於接下來要說的，是後續的寫作計畫，說不定有人看出來了，「大吾小佳事件簿」是系列作——先前曾以〈長出手的維納斯〉入圍《歲月推理》主辦的第三屆華文推理大獎。該作為中篇小說，也是寫於〈羅勒是最哀傷的植物〉之後的第二篇推理創作。

倘若順利，接下來的《諸神的犯罪：大吾小佳事件簿2》（暫名）會是一本中篇推理小說集。但計畫改不上變化，在此之前，《神的載體》同世界觀續作，入圍第五屆島田莊司推理小說獎複選的長篇科幻推理小說《The Fake Full Moon》（暫名）也可能有機會搶先一步出版。

最後，是感謝時間。

謝謝包容自己任性走上創作一途的家人，謝謝總全力支持我的朋友，謝謝對作品釋出善意的讀者。當然，要謝謝責編齊安。接下來的作品也要麻煩你了。

這條路說起來，帶有某些誤打誤撞踏上的成分——

不過正如同我挺喜歡的一句話：千里之行始於足下。

讓我們一起往前走吧。

要推理41 PG1739

送葬的影子
——大吾小佳事件簿

作　　者　游善鈞
校　　對　游上佳
責任編輯　喬齊安
圖文排版　楊家齊
封面設計　楊廣榕

出版策劃　要有光
發 行 人　宋政坤
法律顧問　毛國樑　律師
印製發行　秀威資訊科技股份有限公司
114台北市內湖區瑞光路76巷65號1樓
電話：+886-2-2796-3638　傳真：+886-2-2796-1377
http://www.showwe.com.tw
劃撥帳號　19563868　戶名：秀威資訊科技股份有限公司
讀者服務信箱：service@showwe.com.tw
展售門市　國家書店（松江門市）
104台北市中山區松江路209號1樓
電話：+886-2-2518-0207　傳真：+886-2-2518-0778
網路訂購　秀威網路書店：http://store.showwe.tw
國家網路書店：http://www.govbooks.com.tw

出版日期　2017年10月　BOD一版
定　　價　340元

Printed in Taiwan

國家圖書館出版品預行編目

送葬的影子：大吾小佳事件簿 / 游善鈞著. -- 一版. -- 臺北市：要有光, 2017.09
面；　公分. -- (要推理；41)
BOD版
ISBN 978-986-94954-7-9(平裝)

857.81　　106013571

讀者回函卡

感謝您購買本書，為提升服務品質，請填妥以下資料，將讀者回函卡直接寄回或傳真本公司，收到您的寶貴意見後，我們會收藏記錄及檢討，謝謝！如您需要了解本公司最新出版書目、購書優惠或企劃活動，歡迎您上網查詢或下載相關資料：http:// www.showwe.com.tw

您購買的書名：________________

出生日期：________年________月________日

學歷：□高中（含）以下　□大專　□研究所（含）以上

職業：□製造業　□金融業　□資訊業　□軍警　□傳播業　□自由業

□服務業　□公務員　□教職　□學生　□家管　□其它____

購書地點：□網路書店　□實體書店　□書展　□郵購　□贈閱　□其他

您從何得知本書的消息？

□網路書店　□實體書店　□網路搜尋　□電子報　□書訊　□雜誌

□傳播媒體　□親友推薦　□網站推薦　□部落格　□其他________

您對本書的評價：（請填代號　1.非常滿意　2.滿意　3.尚可　4.再改進）

封面設計____　版面編排____　內容____　文／譯筆____　價格____

讀完書後您覺得：

□很有收穫　□有收穫　□收穫不多　□沒收穫

對我們的建議：________________

____

____

____

請貼
郵票

11466
台北市內湖區瑞光路 76 巷 65 號 1 樓
秀威資訊科技股份有限公司 收
BOD 數位出版事業部

(請沿線對折寄回，謝謝！)

姓　　名：__________ 年齡：_____ 性別：□女　□男

郵遞區號：□□□□□

地　　址：____________________

聯絡電話：(日) __________ (夜) __________

E-mail：____________________